Rosina und die Fee

Karin Pelka

Die Autorin:

1983 im fränkischen Neuendettelsau geboren, wuchs Karin Pelka im kleinbäuerlichen Umfeld auf. Nach einer abgebrochenen Verkäuferinnenlehre drückte sie weiter die Schulbank und lernte schließlich in München als IT-Systemelektronikerin. Dort lebt sie mit Mann, Kind und zwei Katzen.

Geschichten übten seit jeher eine große Faszination auf sie aus. Erste eigene Erzählversuche verliefen nach ausbleibenden Erfolgen im Sande. Erst als mit 30 die Midlife-Crisis unerwartet früh zuschlug, entschloss sie sich, das Träumen aufzugeben und mit Stift und Papier Tatsachen zu schaffen.
„Rosina und die Fee" ist nach „geheimnisblind" ihre zweite eigenständige Veröffentlichung.

Rosina und die Fee

Karin Pelka

Bibliografische Information der Deutschen Nationalbibliothek:
Die Deutsche Nationalbibliothek verzeichnet diese Publikation
in der Deutschen Nationalbibliografie.
Detaillierte bibliografische Daten sind im Internet über
www.dnb.de abrufbar.

1. Auflage 2016
© Karin Pelka – alle Rechte vorbehalten.
karin-pelka.jimdo.com

Herstellung und Verlag:
BoD - Books on Demand, Norderstadt
ISBN: 9783743127876

Vergangene Schatten …

Manchmal, wenn die Nacht dunkler war als sonst, faltete die Rosina die Hände. Sie behielt die Tür im Blick und horchte mehr in den Flur hinaus als zum Himmel, von dem sie eine Antwort erhoffte.

Den Rücken in das Kissen gelehnt saß Rosina still und schien zu beten. Tatsächlich beruhigten die beiden Hände, die einander berührten, sie zumindest so weit, dass sie aufhörte zu schwitzen.

Doch obwohl sie fast zu glauben wagte, der liebe Gott würde horchend in der Leitung warten, während sie mit klopfendem Herzen die Sprechmuschel zuhielt, wagte sie keinen Ton. Es ging nicht. Jemand würde sie hören, selbst wenn sie die Worte nur dachte. Das Risiko war zu groß für ein kleines Mädchen.

Doch wenn sie vor Übermüdung zu schweben begann, die Konturen ihres Körpers nicht mehr spürte, das Gefühl bekam, als würden ihre Füße den halben Raum einnehmen, während die Hände verschwanden, da huschte ein Bild durch Rosinas Kopf. Nur ganz kurz, damit es niemand merkte.

Das Bild einer Fee, die freundlich lächelte, den Zauberstab schon gezückt, um drei Wünsche zu erfüllen. Nur wie sollte Rosina der Fee ihre Wünsche anvertrauen, so, dass niemand sonst sie hörte?

Beim Frühstück vor der Arbeit hatten Veits Worte so beiläufig geklungen, dass Rosina sich nicht die Mühe machte, hinzuhören. Erst, als er nach dem Abendessen plötzlich aufstand, die Hose glatt strich und sagte: „Ich geh dann jetzt", traf Rosina der Knüppel.

„Warum? Wohin willst du?", fragte sie.

Er trat von einem Fuß auf den andern, wich ihrem Blick aus und murmelte: „Was erledigen."

Rosina lag so viel gleichzeitig auf der Zunge, dass sie lieber nichts sagte. Stattdessen folgte sie Veit in den Flur, wo er in seine Straßenschuhe schlüpfte und die Jacke überzog.

„Schau nicht so", sagte er. „Heute Morgen hast du doch gesagt, es ist okay."

Heute Morgen, ja, da war etwas, wahrscheinlich. Sie hätte doch aufpassen sollen, statt den Einkaufszettel zu schreiben.

„Ich komm ja wieder", murmelte Veit lächelnd.

Dann zog er Rosina, ehe sie protestieren konnte, an sich und drückte ihr einen Kuss auf die Stirn.

„Aber -"

„Mach dir doch einen schönen Abend, Liebes. Leg dich in die Wanne, schau dir einen von deinen Mädels-Filmen ohne mein Gemecker an. Im Gefrierfach ist noch Eis, wenn du magst."

Das klang eigentlich nicht schlecht. In der Badewanne schwelgen, bis sie aufweichte, ohne dass Veit fluchend vor der Badezimmertür auf und ab stampfte, weil er mal musste. Die Fernbedienung ganz für sich alleine haben. Wann hatte Rosina zuletzt einen so entspannten Abend gehabt?

„Vielleicht hast du Recht", sagte sie.

„Wart nicht auf mich, kann später werden", flüsterte er und huschte ins Treppenhaus, bevor sie ihn aufhalten konnte.

*

Rosina schreckte aus dem Halbschlaf, als Veit zurück in die Wohnung schlich. Er gab sich so angespannt Mühe, keinen Laut zu provozieren, dass jede Regung Krach machte. Rosina hörte seinen Atem, hörte, wie er die Schnürsenkel öffnete und die Füße aus den Schuhen zog.

Sie erwartete ihn im Wohnzimmer.

Aufrecht saß sie auf dem Sofa, rechts neben sich, unter einem Kissen verborgen, die Pfanne. Nur der Stiel ragte heraus, damit sie ihn packen konnte.

Die Vorstellung, ein ernstes Wörtchen mit Veit zu reden, gefiel ihr schon seit über drei Stunden ausgesprochen gut. Sie hatte die Zeit genutzt, die passenden Sätze zurechtzulegen. Eine Mischung aus Anklage und Forderung. Den Rest würde sein schlechtes Gewissen erledigen und er würde alles gestehen.

Für ein Bad oder Fernsehen hatte sie keine Zeit gefunden.

Veit trat leise ins Wohnzimmer, ihr Blick streifte ihn nur.

„Du bist ja noch wach", sagte er.

„Ja."

Zögernd kam er zum Sofa, wollte sich rechts von Rosina auf das freie Fleckchen vor dem Kissen setzen, das die Pfanne verbarg. So hatte Rosina das nicht geplant. Sie rückte vor die Pfanne und zwang Veit, an ihr vorbei zur linken Sofaseite zu gehen.

Fremder Geruch stieg ihr in die Nase. Nicht direkt Parfüm und auch nicht Sex. Ein warmer, holziger Geruch.

Veit sank aufs Sofa und seufzte. Er grinste sogar.

Jetzt musste sie ihm sagen, dass es so nicht ging. Ihn ausquetschen, bis er wimmernd zugab, für welche Frau er sie sitzen ließ und warum er beim Zurückkommen diesen Geruch zu verströmen wagte. Und dass er nicht glauben brauchte, er könnte Geheimnisse vor ihr haben. Jawohl. Sie holte Luft.

„Danke, dass du mir Freigang gegeben hast", sagte er.

Rosina wollte protestieren, als sein Anblick ihr das Wort abschnitt. Sein Gesicht leuchtete, als hätte jemand unter der Haut ein warmes Licht angeknipst. Ein rosiger Film überzog die Wangen. Wann hatte er zuletzt so glücklich ausgesehen?

„Du willst sicher wissen, was ich gemacht habe, aber das muss noch eine Weile mein Geheimnis bleiben. Ich hab Angst, dass es schief geht, wenn ich es erzähle", sagte er.

Er tippelte die Fingerspitzen gegeneinander.

„Seit wann bist du abergläubisch?", fragte Rosina.

„Bin ich gar nicht. Nur vorsichtig."

Er legte den Arm um Rosinas Rücken und zog sie an sich.

Rosina ließ es mit sich machen. Er sah fremd aus, er roch fremd und er redete komisches Zeug. Erst ließ er sie allein, dann war er plötzlich nett zu ihr. Richtig anschmiegsam.

Veit strich über Rosinas Rücken, ganz selbstverständlich. Als hätte er sie heute Abend nicht mit einer anderen betrogen. Wut wallte in ihr auf, sie würde ihm sagen -

Plötzlich hielt er inne. Rosina spürte, wie er die Pfanne bewegte, sie unter dem Kissen hervorzog. Ihr wurde heiß.

„Wolltest du damit Einbrecher verjagen oder mir eines überbraten?", fragte er.

„Ich wollte den Abend nicht allein verbringen," sagte sie.

Ihr kroch die Röte in die Wangen, in den Augen brannte es. Er lachte.

„Du hast mich mit der Pfanne ersetzt?", rief er. „Du hast Humor, das liebe ich an dir! Wenn ich mir vorstelle, ich hätte so ein heulendes Elend zuhause, das wegen jedem abgebrochenen Fingernagel drei Tage Trauer hält - das würde ich nicht aushalten."

Er drückte ihr einen Kuss auf die Stirn und sagte: „So lange du nicht im Schlaf von deiner Pfanne säuselst, kannst du sie kuscheln, so viel du willst."

Veit gab ihr mit einem Lächeln die Eisenpfanne zurück und ging ins Bad, um sich die Zähne zu putzen.

Rosina bettete die kalte Eisenpfanne auf den Schenkeln und war froh, dass sie Veit nicht mit einem Donnerschlag begrüßt hatte, dass sie nicht in Tränen ausgebrochen war und ihm wüstes Zeug um die Ohren geknallt hatte.

Er benahm sich wie immer, alles war gut.

Aber dann kam ihr der Gedanke, dass er sich natürlich ganz wie immer benehmen würde, wenn er fremdginge. Er wollte sie ja in Sicherheit wiegen.

Rosina wog die Pfanne in der Hand. Sie konnte ihm immer noch Feuer machen. Aber das konnte auch gewaltig schief gehen, wenn sie doch daneben lag. Sie wollte ihn nicht grundlos in die Flucht schlagen.

Da kam ihr eine hervorragende Idee. Sollte er doch tun, was er tun musste. Sie waren schließlich beide erwachsen. Sie würde nicht nachbohren, ihn nicht in die Enge treiben. Sie wusste ein viel wirksameres Mittel, ihn an die Leine zu nehmen. Und das Beste: Veit würde davon gar nichts merken.

*

In der Arbeit öffnete sie am Computer eilig den Kalender, das Schreibprogramm und wahllos einen Formbrief. Genug Fenster, hinter denen sie den Browser verstecken konnte, wenn jemand ins Zimmer kam. Nach einem weiteren Schulterblick zur offenen Türe tippte sie die Webadresse des Online-Shops ein und spürte dem wohligen Kribbeln des Verbotenen nach, als sie die Seite auf dem Bildschirm hatte.

Abgesehen davon, dass sie dem Arbeitgeber ein wenig ihrer Arbeitszeit unterschlug, tat sie nichts Schlimmes. Aber allein schon durch die vielversprechende Auswahl des Shops zu klicken, verursachte ihr euphorische Zustände.

Rosina und der Online-Laden für magisches Handwerkszeug führten schon länger eine heimliche Beziehung. Veit brauchte davon nichts zu wissen.

Voller Vorfreude fuhr sie mit der Maus über die Rubriken-Auswahl und überlegte, in welcher sich der geeignete Zauber befinden mochte. Am unauffälligsten konnte sie mit Kerzen agieren. Veit stand zwar nicht gerade darauf, aber beim Anblick einer schlichten Kerze kam niemand auf die Idee, Rosina heimliche Aktivitäten zu unterstellen.

Aber welche Kerze sollte es sein? Eine für Liebe, eine für Mut, eine zur Ehren der Venus? Nichts traf es richtig.

Rosina klickte weiter, fand Klangschalen, Ritual-Dolche und praktische Sets mit Räucherstäbchen, magischen Kleinoden und Anleitungen für die Durchführung des entsprechenden Rituals. Wobei sie dazu ein weißes Baumwollkleid brauchen würde, mit dem sie dann im Mondenschein ... Nein, übertreiben musste sie nicht.

Obwohl Rosina durchaus neugierig war, wie es wäre, wenn tatsächlich etwas Magisches geschehen und ihre Lebenswelt auf den Kopf stellen würde. Allzu wahrscheinlich war das nicht - aber wer wollte ausschließen, dass solche Dinge von

Zeit zu Zeit geschahen.

Am liebsten wäre es Rosina gewesen, durch einen echten Laden zu schlendern, die Dinge anzufassen, daran zu schnuppern und vielleicht eine kundige Verkäuferin um Rat zu fragen. Aber nur vielleicht. Ja, das wäre besser als Online-Shopping, aber sie hatte keinen in der Nähe.

„Hi Rosina, alles klar? Hier, ist eilig", sagte der Chef und warf einen Hefter auf Rosinas Schreibtisch. „Meeting um zwei geht klar."

Rosina verhedderte sich zwischen Nicken, Browser-Verstecken und dem Versuch eine passende Antwort zu geben, murmelte irgendwas - der Chef spurtete schon durch den Flur davon. Wahrschenlich trainierte er hier nebenbei für den Firmenlauf. Rosina schüttelte den Kopf. Mit diesen Fitnessfreaks konnte sie nichts anfangen, vor allem nicht, wenn sie auf leisen Sohlen ins Zimmer huschten.

Notgedrungen erledigte sie die Arbeit und bestätigte für den Chef den 14-Uhr-Termin.

Aber was sollte sie nun mit Veit machen? Sie hatte einiges in der Merkliste des Shops gespeichert, aber das Perfekte war nicht dabei. Am Ende musste sie ihn doch zur Rede stellen oder ein erstklassiges Drama inszenieren. Furchtbar.

*

Als die Uhr endlich auf halb zwölf stand, klickte Rosina das Browserfenster des Okkult-Versandes weg, sperrte den Rechner und prüfte, ob sie genug Kleingeld einstecken hatte. Sie schmeckte schon die gebrannten Mandeln auf der Zunge, die sie sich heute zum Mittagessen gönnen wollte.

Den Geldbeutel in der Hand schlich sie auf den Flur hinaus

und huschte an den offenen Bürotüren vorbei. Sie erreichte das Foyer, rief den Aufzug und hoffte, dass er kam, bevor einer ihrer Kollegen sich dazu gesellte und sie nach ihren Plänen fürs Mittagessen fragte.

Seit sie einmal in eine wüste Gruppendiskussion über die Bedeutung gesunder Mittagsverpflegung für den Erhalt der vertraglich vereinbarten Arbeitskraft verwickelt worden war, stahl sie sich lieber heimlich zu den Quellen süßer Genüsse.

Der Aufzug ließ sich Zeit. Rosina hörte Stimmen vom Ende des Flurs, Lachen. Schritte, die sich näherten. Endlich landete der Aufzug, doch er öffnete quälend langsam die Tür.

Rosina schlüpfte durch den Türspalt, fand den Schließen-Knopf und drückte so lange darauf, bis er endlich tat, wozu er gut war. Hinter den geschlossenen Türen atmete sie auf.

Rosina wollte sicher nicht mit ihren superschlanken Kollegen über gesundes Essen sprechen. Sie las schon in den Blicken ständig den Vorwurf, sie wäre zu dick. Überhaupt wurde viel zu viel geredet.

Sie fuhr in die Passage hinunter und stieg aus, erleichtert, entkommen zu sein, und frei für das duftende süße Päckchen, das wie immer blau und weiß gestreift sein würde. Sie spürte die Wärme der frischen Mandeln schon in den Händen, roch den Zuckerduft.

Da stutzte sie: Das war gestern noch nicht! In dem leer stehenden Laden mitten in der düsteren Passage prangten tausende kleiner Artikel auf Regalen und Tischen, von der Decke baumelten zahllose Waren an dünnen Plastikfäden.

Ungläubig trat sie an die Schaufensterscheibe und starrte hinein. Wie konnte über Nacht all das herangeschafft und ausgepackt worden sein? Kleine Glasfläschchen, Päckchen und Tüten, alles fein angeordnet. Die Arbeit vieler Stunden.

Ein Schatten huschte heran, jemand trat dicht hinter Rosina. Die betriebseigene Gesundheitspolizei, dachte sie.

„Für offene Wünsche tritt nur durch die Tür", sagte eine fremde, singende Frauenstimme. „Bitte sehr."

Rosina drehte sich, rempelte gegen das Schaufenster.

Eine lange, sehr schlanke Gestalt sprach mit ihr. Ganz in grüne, fließende Stoffe gehüllt, weiche Wellen im blonden Haar. Wunderschön und durch und durch das Gegenteil von Rosina, die nichts darauf zu antworten wusste.

Sehr langsam und geschmeidig wies die Frau mit der einen Hand zur Ladentür, machte langsame tanzende Schritte, selbst die Falten des grünen Rockes schienen langsam zu schwingen. Wie dünn sie war.

Die Frau dirigierte Rosina mit einem feenhaften Lächeln zur offenen Tür.

Rosina wollte kehrtmachen, doch das seltsame Gebaren der langen, dünnen Frau fesselte sie so, dass sie darüber vergaß, was sie vorhatte.

Ohne den Blick von der Frau in Grün, ihrem wie weichgezeichneten Gesicht zu wenden, trat Rosina halb rückwärts in den Laden. Sie stieß gegen etwas, sah nach, wogegen - ein Tischchen. Sie sollte nicht hier sein, hatte doch ganz andere Pläne. Rosina spürte am ganzen Körper Widerwillen. Selbst die Haut bäumte sich auf. Von der Frau ging etwas aus, das berührungslos wirkte wie Gift. Mit der stimmte etwas nicht.

Hastig schaute Rosina sich nach einem Ausweg um - bis sie bemerkte, in welche Art von Laden sie gedrängt worden war: Räucherstäbchen, Rosenquarz und magische Amulette, Wunschkerzen und allerlei Kräutertees lagen aus. Von der

Decke baumelten Windspiele und Seidentücher, durch die Luft waberten Ambra und Weihrauch in feinen Schlieren. Ein Hexenladen. Ein echter Hexenladen zum Anfassen.

Zwischen Tischen und Regalen drehte sich Rosina, sog das Angebot in sich hinein, duckte sich unter herabhängenden Glasperlen und Hexenfiguren. Sie drehte sich, drehte sich weiter. Es gab immer noch ein Regal, noch einen Tisch. Ein endloses Labyrinth magischer Produkte. Und wie akkurat jedes einzelne Ding angeordnet war.

Vor dem Regal mit den braunen Fläschchen blieb sie stehen.

Rosina lächelte. Herrlich, all diese greifbaren Dinge, die den Zauber versprachen, der dem Rest der Welt abging. Vielleicht wurden hier nur Träume verkauft, nur Illusionen - aber wer wusste das schon. Und war Glauben nicht alles?

Gab es diesen Laden womöglich nur, weil Rosina sich so sehnlich einen wünschte, weil sie beim Online-Shopping ständig gestört wurde und sie dringend magische Unterstützung brauchte?

„Willkommen", sagte die Frau.

Rosina hatte sie komplett vergessen.

Die Frau schwebte Millimeter für Millimeter, als ob sie durch Wasser trieb, hinter einen Tresen mit altertümlicher Registrierkasse. Das Haar schwang langsam herum.

Rosina kniff die Augen zu, schüttelte den Kopf, doch das Bild der Frau blieb verwaschen. Geisterhaft wogte es. Rosina fühlte sich, als schwankte sie mit ihr in der Dünung, 800 Kilometer vom Meer entfernt, draußen nicht einmal Pfützen. Das war nicht normal.

Mit einer Hand suchte Rosina Halt an der Kante des Fläschchen-Regals. Sie fühlte sich untergehen, obwohl sie auf festem Boden stand. Die Knie gaben nach.

Zu wenig Zucker im Blut. Zucker. Mandeln.

„Auf Wiedersehen", sagte Rosina, wandte sich zur Tür.

„Natürlich."

Einfach zur Tür gehen, hinaus an die frische Luft. Mandeln kaufen. Rosina fand ihre Beine und befahl ihnen den Weg zur Tür. Sie gehorchten so zäh, als steckten sie in Uferschlick.

„Ich schenke es dir", sagte die Frau.

„Was?"

Die Frau lachte.

Rosina begriff nichts, bis sie die Hand nach dem Türgriff ausstreckte und in ihre Finger gebettet ein braunes Fläschchen fand.

„Nein, nein, das wollte ich nicht. Also - nicht stehlen", sagte Rosina.

Hilflosigkeit überfiel sie, sie bekam keine Luft mehr.

„Ich bezahle", schaffte sie, zu sagen.

Irgendwie bezahlte Rosina. Sie schob das Fläschchen ein, die Frau drückte ihr ausgesprochen langsam und nachdrücklich mit dem Wechselgeld ein Kärtchen in die Hand. Rosina rettete sich nach draußen, bevor sie vollends versank.

Als sie mit dem Kärtchen in der Hand vor dem Landen stand, rang sie nach Luft. Seltsam unecht und schwer kam sie sich vor, die Beine matschig, das Hirn betäubt.

Als wäre sie beinahe ertrunken.

In der Passage sah es aus wie immer: Hier herrschten Halbdunkel und glatte Moderne, dort vorn der Aufgang zu den Büros. An beiden Enden des Passagentunnels eilten durchs Tageslicht Passanten. Niemand verirrte sich herein. Alles wie immer, außer Rosina.

Mit der freien Hand tastete sie in der Hosentasche nach dem kleinen Fläschchen, fand es. Den Einkauf in dem Laden bildete sie sich also nicht ein. Alles andere womöglich schon. Sie ging ein paar Schritte auf den Ausgang der Passage zu, wo das Licht reichte, die Buchstaben auf dem Kärtchen zu entziffern. Es fühlte sich feucht an.

„Drei Wünsche von dir - bring sie zu mir", las Rosina ab.

Sie hörte sich sprechen, also lebte sie noch.

Unter der Zeile stand ein Name: Nivian Nie. Ein unwahrscheinlicher Name für einen echten Menschen. Wenn, dann musste es der Künstlername dieser Person sein. Merkwürdig, wie sie aussah, sich benahm - wenn diese Frau kein Naturereignis war, dann eine Künstlerin.

Dieses Schwimmende, Schwebende, ein Wesen aus einer anderen Welt.

Rosinas Beine verloren wieder Substanz. Sie musste wirklich zu wenig Zucker im Blut haben. Zeit, die Mandeln zu holen und das Mischverhältnis zu korrigieren.

Sie lief dem hinteren Ausgang zu, von dem aus der Weg zum Mandelstand zehn Schritte kürzer war. Halb treibend, halb fallend kaufte sie eine Tüte warmer, duftender Mandeln, trug sie zurück in die Passage und fuhr mit dem Aufzug hinauf ins Büro. Von selbst fanden die Füße den Weg durch den Flur. Das Mandelpäckchen trug Rosina wie ein Küken zwischen den Händen geborgen.

„Schon wieder da?", fragte jemand.

Gestalten kamen entgegen, machten Platz.

„Oh, ein süßer Nachtisch? Darf man sich auch mal gönnen", sagte einer.

Rosina nickte, ohne hinzuschauen. Setzte sich. Vermutlich

an ihren eigenen Platz und entsperrte beim siebten Anlauf den Rechner.

Drei Wünsche. Ganz klassisch. Natürlich. So ein Quatsch.

„Mahlzeit!", rief jemand, der am Gang vorbei kam.

Rosina nickte, schaute nicht auf.

Die duftende Mandeltüte lag auf dem Tisch, wartete auf Rosinas Appetit und auf fiese Kollegen-Kommentare.

Rosina zog die Tastatur heran und tat, als würde sie die Dokumente überarbeiten, die sie heute Morgen aufgesetzt hatte. Auf dem Monitor schwammen Buchstaben umher, die das Weite suchten, sobald Rosina sie zu deuten versuchte. Sicherheitshalber legte sie die Ergebnisse ihrer Arbeit noch nicht dem Chef vor.

Ihre Gedanken kehrten zu dem Kärtchen zurück.

Eine Fee. Ein Ding der Unmöglichkeit.

Auch wenn die Frau sich seltsam bewegte, singend sprach und überhaupt. Ein simpler Trick, eine gut einstudierte Choreografie. Es sollte ja talentierte Menschen geben, die sowas können. Rosina rechnete sich nicht dazu.

Unterm Tisch pulte sie das braune Fläschchen aus der Hosentasche und befühlte es, führte es zur Tischkante und linste auf das Etikett. Rosina unterdrückte einen Schrei, und steckte die kleine Flasche hastig wieder weg.

Das war nicht möglich. Das war gerade so also ob -

Rosina angelte nach dem Kärtchen in der anderen Tasche und betrachtete es im Sichtschatten des Monitors. Total irre.

Schritte näherten sich, Rosina stopfte das Kärtchen in die Hosentasche.

„Na, im Stress?", fragte jemand.

„Wie immer", sagte Rosina.

Doch die Kollegin war schon vorbei, bevor Rosina das erste Wort beendet hatte.

Blöde offene Betriebskultur.

Als die Uhr Richtung Feierabend zeigte, schaltete Rosina den Rechner aus, tappte zum Aufzug und fuhr hinunter.

In der Passage hielt sie inne und überlegte. Hinten herum musste sie nicht an diesem seltsamen Laden vorbei. Doch Rosina wollte noch einen Blick riskieren. Nur aus Neugierde.

Drei Wünsche. Wenn das wirklich funktionierte!

*

„Was zappelst du denn so?", fragte Veit beim Abendessen zwischen zwei Bissen.

Er hob den Blick von seinem Teller, während er die nächste Fuhre Spagetti auf die Gabel rollte.

„Tu ich nicht!", gab Rosina zurück.

So lange er sie anstarrte, bemühte sie sich, still zu sitzen. Doch je länger er guckte, desto unruhiger wurden ihre Beine, desto dringender wollte sie aufspringen und irgendetwas tun, um seinem Forschen zu entkommen.

Diesen durchdringenden Blick liebte sie an Veit. Wenn er schaute, dann so, wie sich Rosina den Blick eines Malers vorstellte, der jedes Detail genauestens aufsog, um es später wiedergeben zu können. Sie wurde immer noch nervös unter seinem Blick, obwohl sie seit über sechs Jahren ein Paar waren, drei davon mit Trauschein.

Veit schob eine Fuhre Spagetti in den Mund, ließ sie verschwinden und drehte schon wieder die Gabel im Teller - doch er ließ Rosina nicht aus den Augen.

„Schmeckts dir?", fragte Veit.

Die nächste Nudelladung verschwand.

„Hast toll gekocht", sagte Rosina.

Sie schob Nudeln und Sauce herum, rollte mit der Gabel ein paar Spagetti auf, verlor aber gleich wieder die Lust dran. Wenn sie ihn nun fragte, was er von ihrer Begegnung heute Mittag hielt? Ihr ließ die Sache keine Ruhe. Ständig schwankte sie zwischen Begeisterung und Ärger. Sie hätte viel darum gegeben, Veits nüchterne Meinung zu hören. Aber sie traute sich nicht, danach zu fragen.

Wahrscheinlich würde er sogar die Gabel zur Seite legen, um ihr den Vogel zu zeigen. Veit hatte keinen Sinn für sowas. Für ihn gab es nur, was er mit eigenen Augen sah. Selbst abstrakte Gemälde betrachtete er mit Unbehagen. Unerklärliches war gleich völlig ausgeschlossen.

Damit mochte er Recht haben. Doch Rosina wollte die schöne Idee von der Fee, die Wünsche erfüllte, nicht so einfach dem Realismus opfern.

„Isst du noch was?", fragte Veit, der die Töpfe schon herangezogen hatte.

„Nimm nur."

„Du machst aber nicht wieder Diät?", fragte er.

Rosina saß sorgsam still, in der Hoffnung, dass er das Essen gleich wieder spannender finden würde, als seine Frau.

„Quatsch", sagte sie.

Obwohl sie jeden Morgen beim Anziehen dachte, sie sollte abnehmen, wenn die Hosen kaum über den Hintern schlüpften und in die Schenkel kniffen. Und jeden Abend, wenn sie sich auszog und ihre nackte, dellige Haut wieder zu Gesicht bekam. Sie fühlte sich nicht schön.

Aber das behielt sie für sich. Veit verstand das nicht. Sie hatte es ihm stammelnd zu erklären versucht, aber nur diesen forschenden Blick und ein Kopfschütteln geerntet. Dazu den Kommentar, dass er sie schön fände, wie sie war. Als ob ihr das etwas nützte. Männer konnten so etwas nicht verstehen - so viel kapierte Rosina und schwieg seitdem.

Sie hantierte mit der Gabel im Teller und beobachtete heimlich, wie Veit mit einem Mords Appetit aß, mit welcher Freude er tausende Kalorien zu sich nahm. Er schaufelte einfach in sich hinein, was ihm vor die Fressluke kam, aß ohne falsche Bescheidenheit. Es gab fast nichts, was ihm nicht schmeckte - und er war noch immer die Hopfenstange, in die sich vor sechs Jahren verliebt hatte.

Rosina war nie schlank gewesen. Sie trug ihren Babyspeck schon das ganze Leben mit sich und mit jedem Jahr kam noch ein bisschen mehr dazu, obwohl ihr das Essen immer weniger Spaß machte.

Veit verabreichte sich den dritten Teller Nudeln mit Sauce.

Vielleicht sollte sie ihm doch von der Fee erzählen, das Erlebnis mit ihm teilen. Ihre Hand fand das Fläschchen unter dem Stoff der Hosentasche.

„Isst du das noch?", fragte Veit.

Er zeigte auf Rosinas Teller.

Sie reichte ihm den Rest ihrer Portion. Etwas zerwühlt und sicher längst kalt, aber fast vollständig.

„Du weißt, knochige Frauen sind nicht mein Ding", sagte Veit - nur um sich im nächsten Augenblick über Teller Nummer vier herzumachen.

„Gehst du heute wieder?", fragte Rosina.

„Nach dem Essen", sagte Veit.

Rosina nickte.

„Es sei denn -", setzte Veit an.

„Schon gut, geh nur. Ich wollte es bloß wissen."

Umso besser. Dann konnte sie in Ruhe nachdenken. Womöglich steckte die Lösung des Problems bereits in Rosinas Hosentasche. Da sei ihm sein Ausflug, wohin auch immer, gegönnt. Vielleicht war es heute schon der Letzte, zu dem er aufbrach.

Veit zupfte halbe Spagetti vom Topfboden und kratzte den Saucenrest mit der Kelle zusammen. Dabei ging er so gewissenhaft vor, dass er Rosina vergaß. Ihr zufriedenes Lächeln bemerkte er nicht.

Drei Wünsche. Nivian Nie. Beides klang unmöglich. Die ganze Erscheinung dieser Frau war unmöglich. Wie ein verzauberter Fisch, der sein eigenes, unberührbares Aquarium mit sich trug. Wenn es nun tatsächlich funktionierte?

Ausgeschlossen war das nicht, auch wenn vernünftige Menschen nicht an Zauberei glaubten. Aber vernünftig betrachtet müsste Veit auch drei Tonnen wiegen und Rosina sollte längst verhungert sein. Mit rechten Dingen ging das nicht zu.

Wenn es also tatsächlich, nur rein hypothetisch möglich war - dann musste Rosina gut darüber nachdenken, was sie sich wünschte. Ein paar Pfund leichter sein? Und nie mehr zunehmen? Verlockend. Und ziemlich oberflächlich. Vermutlich wünschten sich gerade in diesem Augenblick 12 Millionen Frauen in Deutschland dasselbe. Besonders die, die es nicht nötig hatten.

Nein, sie wünschte sich, dass Veit nie wieder ein Geheimnis vor ihr hatte, für immer treu zu ihr stand und es ihr erspart blieb, die ernsten Gespräche mit ihm zu führen, die sie nicht führen konnte. So viele Möglichkeiten!

Quatsch. Einfach Quatsch. Aber andererseits?

*

Veit wollte noch duschen, bevor er ging, damit er Rosina später nicht mit Wasserrauschen auf der anderen Seite der Schlafzimmerwand weckte.

Rosina ertappte sich bei dem Wunsch, er wäre schon weg. In dieser aufregenden Angelegenheit konnte sie ihn nicht brauchen. Es schien ihr plötzlich wie eine glückliche Fügung, dass Veit ausgerechnet gestern auf die Marotte verfallen war, Zeit für sich zu brauchen. Er war hier definitiv der falsche Gesprächspartner.

Sollte er ruhig seine kleinen Geheimnisse haben, Rosina hatte schließlich ihre eigenen, oder nicht?

Beim Gedanken an das Fläschchen und an das geheimnisvolle Kärtchen, spürte sie ihre Wangen blühen und das Herzklopfen in der Brust. Diese Nivian Nie verunsicherte Rosina. Sie fühlte sich ebenso heftig abgestoßen, wie sie sich angezogen fühlte. Vor ihrem inneren Auge wiederholten sich die magisch langsamen Bewegungen in Endlosschleife. In ihrem Kopf hallte das Echo ihrer Worte nach.

Rosina kicherte. Sie fühlte sich fast wie frisch verliebt. Total bescheuert.

Nein, diesen Teil behielt sie auf jeden Fall für sich. Nicht nur Veit gegenüber.

Nervös strich sie in der Küche herum. Schmutzige Töpfe und Teller starrten sie an. Ja, ja, die Küche aufzuräumen war Rosinas Aufgabe, wenn Veit kochte. Aber unter diesen

Umständen lagen die Prioritäten anders. Schmutzige Teller in die Spülmaschine räumen konnte sie noch, wenn sie tot war. Jetzt musste sie in den Möglichkeiten schwelgen.

Im Bad hörte sie Wasser prasseln. Wie lange duschte Veit?

Sie hielt es nicht mehr aus, musste so schnell wie möglich telefonieren. Rosina nahm das schnurlose Telefon mit ins Schlafzimmer, schloss die Türe und wählte Violas Nummer.

„Hi Sinchen", rief Viola. „Wie -?"

„Das glaubst du nicht! Pass auf", sagte Rosina und erzählte so schnell von diesem magisch über Nacht eingerichteten Laden, der wie zur Erfüllung von Rosinas Wünschen aufgetaucht war, von der feenhaft unwirklichen Ladenbesitzerin und von dem verheißungsvollen Kärtchen, dass Viola die Zwischenfragen vergaß.

„Also wenn das wirklich ginge, stell dir vor!", rief Rosina am Ende. „Das wäre ja - der Wahnsinn!"

„Wenn du mich fragst: Die will nur dein Geld", sagte Viola.

„Aber da steht kein Preis drauf."

Rosina blieb vor Begeisterung fast die Luft weg.

„Niemand schreibt einen Preis hin, wenn der nicht verdammt gut ist", sagte Viola.

„Glaubst du, es könnte wirklich welche geben?"

„Feen? Ach hör schon auf, Sinchen. Was macht Veit eigentlich so?"

„Duschen", sagte Rosina, und begriff im selben Moment, dass Viola damit etwas anderes gemeint hatte.

Viola lachte lauthals.

Rosina warf einen sichernden Blick zur Schlafzimmertür. Alles gut. Viola schien ihre Frage schon wieder vergessen zu haben und erzählte fröhlich, wer von ihren Kollegen was zu wem gesagt hatte und was dann wer dachte und wiederum sagte.

Rosina hörte nicht hin. Sie klemmte den Hörer unters Kinn und zog die Unterwäscheschublade auf. Unter Höschen und BHs fand sie die kleine hölzerne Truhe mit nachlässig geschnitzten Ornamenten.

Sie ließ das Kästchen zwischen der Unterwäsche stehen, warf noch einen Blick zur Tür, klappte den Deckel zurück und lächelte ihren gesammelten Schätzen zu. Zärtlich strich sie über den Engelsrufer, über den heilenden Bergkristall, den chinesischen Glücksbringer und ein paar andere Dinge, deren Namen sie vergessen hatte. Dann zog sie das Fläschchen aus der Hosentasche und legte es zu den Kostbarkeiten.

Viola schnatterte weiter, Rosina warf gelegentlich ein „Aha" ein.

„Brauch nur kurz Socken", rief Veit.

Er hatte schon das Bett umrundet, kam eilig auf sie zu.

Rosina erschrak, warf den Deckel des Kästchens zu und stieß die Schublade mit der Hüfte in die Kommode. Gerade rechtzeitig zog sie ihre Finger aus dem Spalt.

„Hab ich dich erschreckt?", fragte Veit.

„Nö", sagte Rosina.

Viola kicherte am anderen Ende der Verbindung wieder.

Veit trat an die Kommode, in der auch seine Socken eine Schublade bewohnten. Rosina machte ihm widerstrebend Platz. Wenn er nun bloß nicht wieder die Falsche öffnete, weil er an etwas anderes dachte. Wenn er das Kästchen bemerkte, wollte er es bestimmt genauer anschauen und wissen, was darin lag.

Sie ließ ihn nicht aus den Augen, blieb direkt an der Kommode stehen, so dass Veit sich an ihr vorbei schieben musste, um an die Schubladen zu kommen.

Er musterte Rosina, griff nach ihrer Schublade, bemerkte seinen Irrtum, als er weiße Wäsche mit Blümchen hervorspitzen sah und fand endlich ein Paar seiner eigenen Socken eine Etage tiefer.

Rosina atmete auf, hmte weiter fleißig ins Telefon, obwohl Viola schwieg.

„Ich geh dann. Wart nicht auf mich", sagte Veit.

Er warf ihr einen Luftkuss zu, winkte mit dem Sockenpaar und navigierte rückwärts aus dem Schlafzimmer. Als er sich in der Tür umdrehte, glaubte Rosina einen weißen Klecks auf seiner Jeans zu sehen, doch er war schon weg.

„Was ist denn bei euch los?", rief Viola.

„Nichts. Veit ist nur unterwegs."

„Ohne dich? Was treibt ein verheirateter Mann abends ohne seine Frau?", fragte Viola streng. „Geduscht und mit frischen Socken, wenn ich nicht irre?"

Im Flur fiel die Wohnungstür ins Schloss.

„Was du wieder denkst. Er ist nicht mein Leibeigener, woher soll ich wissen, was er macht. Aber pass auf, du errätst nicht, was ich gekauft habe!", sagte Rosina.

„Doch nicht etwa in diesem Hokuspokus-Laden?"

„Du hast zu viele Vorurteile."

„Mein gutes Recht. Also, was ist es?"

Rosina gluckste, zog die Schublade wieder auf und besah das Fläschchen, um sich seiner Existenz zu vergewissern.

„Lass mich raten: Ein magischer Liebeszauber, der umtriebige Ehegatten ans heimische Bett fesselt", sagte Viola.

„Ach Menno!"

„Ne, oder?"

„Es heißt anders", murmelte Rosina.

„Warum stellst du ihn nicht zur Rede, wie es normale Frauen machen? Notfalls mit zerlaufener Schminke und dem Nudelholz in der Hand. Oder lass dir ordentliche Krallen ankleben und zerkratz ihm das Gesicht -"

„Das ist nicht mein Stil, das solltest du wissen. Außerdem: Schaden kann`s ja nicht, ihn ein bisschen zu verzaubern."

„Na, wer weiß", sagte Viola.

„Wenn es funktioniert, schenke ich dir welche. Nur falls du mal Halsschmerzen hast und nicht zetern und heulen kannst, wenn es Anlass gibt."

„Mein Mann weiß, dass er sich sowas nicht erlauben kann. Aber du kannst froh sein, wenn Veit von deinem Zaubermittel keine lila Punkte bekommt - und ihm nichts Entscheidendes abfällt", sagte Viola. „Du willst das Zeug doch nicht ernsthaft ausprobieren? Wer weiß, welcher Mist da drin ist?"

„Nein, ist viel zu gefährlich", sagte Rosina und streichelte das Fläschchen.

Sie legten auf.

Den Rest des Abends zappte Rosina durch die Programme, räumte in den Werbepausen die Küche auf und lackierte sich die Nägel. Bevor sie schlafen ging, warf sie noch einen Blick in ihre Schatzkiste und auf das Zauberfläschchen. Lila Punkte, so ein Blödsinn. Und wenn ihm der Schniedel abfiel, konnte er zumindest nicht mehr fremd gehen.

Rosina war enttäuscht von Violas Reaktion - auch wenn sie vorherzusehen war. Es juckte sie in den Fingern, ihr zu beweisen, dass sie sich irrte, was den Hexenladen und die kleine braune Flasche betraf.

Und bei Veit lag Viola auch daneben. Der war gar nicht der Typ für Seitensprünge.

Sie dachte daran, wie er rückwärts, und mit einem Lächeln auf den Lippen zur Tür gegangen war - und an den weißen Klecks auf seiner Hose. Rosina traute ihm nicht zu, sich mit einer anderen zu treffen.

Trotzdem hatte Viola nicht ganz Unrecht: Geduscht, mit frischen Socken - und woher kam der weiße Klecks?

*

„Furchtbar, diese Räuberhöhle", zischte Rosinas Mutter.

„Ja", sagte Rosina.

„Ich fürchte mich immer, wenn ich hier warten muss."

„Die Beleuchtung könnte besser sein."

„Fruchtbar dunkel und abgeschieden ist es. Was da alles passieren kann. Unverantwortlich. Der Arbeitgeber hat doch eine Fürsorgepflicht. Hast du das schon angesprochen?"

„Dunkel ist es schon, aber -"

„Du gehst doch nicht alleine durch diesen Höllenschlund?"

„Natürlich nicht, Mama. Was denkst du denn."

„Ich meine ja nur."

Die Mutter streckte die Hand nach Rosinas aus, gespreizte Finger nährten sich.

Rosina entzog der Mutter ihre Hand, hakte sich stattdessen bei ihr unter und führte sie zum vorderen Ausgang der Passage. Dem Licht zu, das die Mutter hoffentlich auf andere Gedanken bringen würde.

Eigentlich wollte Rosina sich nicht mehr von ihr in der Passage abholen lassen, sondern sie in ihrem Stammcafé zwei

Ecken weiter treffen. Sie wollte auch nicht Hand in Hand mit Mama gehen. Aber die Mutter bestand drauf, Rosina persönlich auf sicheres Terrain zu geleiten. Mit Körperkontakt. Jedes Widerwort bestärkte sie nur in ihrem Entschluss.

Die Mutter hielt ihre Handtasche fest, warf nervöse Blicke über die Schultern und musterte selbst die Pflasterfugen mit dem größten Misstrauen, weswegen sie dem Tageslicht kaum näher kamen.

„Und das da! Hast du das gesehen?", rief die Mutter.

Sie wies auf die Tür von Nivians Laden.

„Der hat diese Woche neu aufgemacht", sagte Rosina.

„Unmöglich. Das auch noch. Du musst dir eine andere Arbeit suchen."

„Also -"

„Man muss sich gut überlegen, in welcher Gesellschaft man sich aufhält. Wird Zeit, dass du schwanger wirst, dann hat sich das Arbeiten ohnehin erledigt."

„Mama -"

„Ist doch so. Du wirst nicht jünger, Kind."

„Ich bin fünfundzwanzig, da -"

„Sag ich doch."

„Ja, Mama."

Sie traten hinaus, überquerten schweigend den kopfsteingepflasterten Platz und eine schmale Straße. Rosina fühlte sich schmutzig. Sehnsucht nach Seife und fließendem Wasser zog herauf.

Endlich erreichten sie das Café und Rosina konnte aus praktischen Gründen die Mutter loslassen - durch die Tür passten sie nebeneinander leider nicht.

„Am Fenster", sagte die Mutter.

Rosina schlüpfte auf den Sessel, der mit dem Rücken zum Fenster stand, wohl wissend, dass es dort zog wie Hechtsuppe. Und dass die Mutter die Aussicht auf das Treiben auf dem Gehsteig genoss. Rosina saß stets mit dem Rücken zur Scheibe, durfte sich verrenken, wenn sie sich unbedingt ansehen musste, welches Gesindel hier herum strich.

Rosina entführte die Serviette unter den Tisch und rieb sich die Hände damit ab, als würde sie sich waschen. Am liebsten wäre sie direkt zur Toilette gestürmt, doch das hatte bisher jedes Mal zu Mutmaßungen über Rosinas Fortpflanzungsstatus geführt. Man musste gut überlegen, in welchen vergifteten Apfel man biss.

„Also dieser furchtbare Laden, ganz ehrlich: Besser, du gehst auf der anderen Seite raus."

Rosina lag ein Lachen auf der Zunge, aber sie behielt es lieber drin. Denn vielleicht rutschten ein paar deutliche, böse Worte hinterher.

„Natürlich", sagte Rosina.

„Solche Leute sind kein Umgang. Lauter Scharlatane. Nutzen andere schamlos aus, bereichern sich. Das färbt auf deinen Ruf ab. Und auf meinen."

„Ja, Mama", sagte Rosina.

Wenn die wüsste.

*

Im Küchenradio lief das Feierabendprogramm, Rosina summte mit. Auf dem Weg zwischen Mülleimer und Kühlschrank legte sie ein paar Tanzschritte ein. Sie drehte die Musik lauter, sang den Refrain mit. In der Hosentasche steckte das kleine Fläschchen griffbereit.

Sie hatte einen schönen Rotwein gekauft - obwohl sie weißen lieber mochte. Aber der Rote besaß den Vorzug, dass es keinen Verdacht erregte, ihn vorab zu entkorken. Dafür nahm Rosina den herben Geschmack in Kauf.

Noch war genug Zeit, bevor Veit hungrig auf der Matte stehen würde.

Sie holte die Karaffe aus dem Schrank und rückte der Weinflasche mit dem Korkenzieher zu leibe. Die Flasche zwischen den Beinen eingeklemmt, schraubte sie den Zieher in den Korken, holte tief Luft und zog.

Nichts. So fest sie auch zerrte.

Rosina schüttelte die Hand aus, lockerte die Beine. Diesmal versuchte sie es im Sitzen, so konnte sie sich besser auf das Ziehen konzentrieren. Sie zog und zerrte mit aller Kraft.

Nichts. Ihr Kopf fühlte sich an, als ob er gleich platzte, an den Fingern schwollen rote Kissen, dazwischen liefen blutleere Streifen. Autsch.

Sie konnte sich mühen, wie sie wollte, sie bekam den verhexten Korken nicht aus dem Flaschenhals. Frustriert stellte Rosina die Karaffe und die Weinflasche mit steckendem Korkenzieher zur Seite und machte sich ans Kochen.

Die Arbeitsfläche verschwand unter frischem Gemüse, Kräutertöpfen, Käse, Hackfleisch und der Auflaufform. Rosina sortierte die Zutaten hierhin und dorthin, bis sie dazwischen genug Platz für das Schneidebrett fand.

Sie schnippelte Gemüse, briet das Hackfleisch mit den Zwiebeln an, gab Karotten und Pastinaken dazu, löschte alles mit passierten Tomaten ab und probierte. Mit Salz, frischen Thymian und Oregano schmeckte sie die Sauce ab und ließ sie eindicken.

Als Rosina mit der Sauce zufrieden war, schichtete sie abwechselnd Hackfleischsauce und Lasagneplatten in die Form, versteckte alles unter einer dicken Käseschicht und sang den falschen Text zu einem Lied, das ihr gefiel.

„Gibt`s was zu feiern?", fragte Veit.

Rosina fuhr herum und presste die Lippen aufeinander. Wie lange belauschte er sie schon? Nervös wischte sie die Hände am Geschirrtuch trocken und stellte das Radio leiser.

„Klar: Wir verbringen einen Abend zusammen", sagte sie. „Es sei denn du hast etwas dagegen."

„Nein, nein", sagte er.

Veit sah sie aufmerksam an. Dann betrachtete er mit gerunzelter Stirn das Chaos in der Küche. Wenn sie kochte, musste er aufräumen. So waren die Regeln nun mal.

„Für meine Lasagne lohnt sich der Aufwand, das solltest du wissen", sagte sie.

Veit lachte und schüttelte den Kopf.

„Hier: Der Korken ist deine Aufgabe", sagte Rosina.

Sie drückte ihm die vorbereitete Weinflasche in die Hand, drei Sekunden später ploppte der Korken ins Freie.

„Den hättest du auch heraus bekommen", sagte er.

„Ich wollte nur nicht, dass du dich überflüssig fühlst", sagte Rosina. „Und jetzt her mit der Flasche und ab unter die Dusche mit dir."

„Aber nicht alles auf einmal trinken."

„Ich lasse dir einen Schluck übrig."

Konnte er nicht endlich duschen gehen? Dass sie die Tropfen noch nicht in den Wein gemischt hatte, machte sie langsam nervös.

Schulterzuckend verzog sich Veit ins Bad.

Der Wein ergoss sich glucksend in die Glaskaraffe. Rosina warf einen Blick in den Flur, sie hörte Veit hinter der Badezimmertüre hantieren. Trotzdem wartete sie lieber noch, bis er unter der Dusche stand.

Sie schob die Lasagne in die Röhre und beseitigte die gröbste Unordnung - immer ein Ohr Richtung Türe ausgerichtet, um zu hören, ob Veit endlich brauste. Weil sie nicht sicher war, drehte sie das Radio ganz ab, schlich in den Flur hinaus und lauschte an der Tür.

Jetzt hörte sie den Duschvorhang über die Stange fahren, Füße in der Wanne quietschen, dann prasselte Wasser.

Sie pirschte zur Wein-Karaffe und zog das braune Fläschchen heraus.

Blödsinn. Totaler Blödsinn so etwas zu tun. Aber was sollte schief gehen? Das Schlimmste wäre, wenn ihm der Wein deswegen nicht schmecken würde.

Dass Rosina ausgerechnet dieses Fläschchen bei der Flucht aus dem Laden in ihrer Hand gefunden hatte, grenzte an ein Wunder. Ein sicheres Zeichen für die nahtlose Fügung des Schicksals, das nun endlich auf Rosinas Seite stand.

Mit dem Rücken zur Küchentür packte sie den Deckel des Fläschchens und drehte.

Er bewegte sich nicht. Das auch noch.

Sie bekam schwitzige Hände, das weiße Käppchen flutschte ihr zwischen den Fingern davon - es bewegte sich nicht.

Sie nahm das Geschirrtuch, wickelte es um die Kappe, um sie fester zu greifen, legte die Faust um das Bündel -

„Hast du in der Küche warmes Wasser?", fragte Veit.

„Was?"

Fast wäre Rosina das Fläschchen aus der Hand geflutscht. Sie ließ es im Geschirrtuch verschwinden.

„Im Bad kommt nur Kaltes", sagte Veit.

Er stand mit einem Badetuch um die schmalen Hüften in der Küchentür, auf den Schultern und der Brust glitzerten Tropfen. Früher hatten sie zusammen geduscht, was nicht in erster Linie der Körperpflege diente.

Wenn es ihnen im Stehen zu ungemütlich wurde, tappten sie tropfend ins Schlafzimmer hinüber, wälzten sich nass und heiß in die kühlen Laken. Der beste Zustand überhaupt, um in einem Bett zu landen.

Rosina stand mit offenem Mund da und knetete das Geschirrtuchpäckchen.

Veit lief zur Spüle, drehte das Warmwasser auf und hielt den Finger unter den Strahl.

Er stand so dicht neben ihr, dass sie ihm die Wassertropfen von den Schultern hätte lecken können, seine nackte Haut berühren, ihm das Handtuch wegnehmen. Der perfekte Moment, ihn mit einem leidenschaftlichen Kuss zu überfallen und ins Bett zu locken, bevor er wusste, wie ihm geschah.

Aber Veit war mit dem Wasser beschäftigt und außerdem konnte es nur noch besser werden, wenn die Zaubertröpfchen ihre Wirkung taten. Nur Geduld!

„Ich ruf beim Hausmeister an", sagte Veit.

Mit wehendem Handtuch verließ er die Küche.

Rosina stieß die angehaltene Luft aus.

Sie huschte mitsamt Geschirrtuchpäckchen aus der Küche zur Badezimmertür. Veit marschierte mit Handtuch um die Hüften und Telefon am Ohr durchs Wohnzimmer.

Sie schloss sich im Bad ein, setzte sich auf den Toilettendeckel und wickelte die Tropfen aus.

Letzte Gelegenheit, den Verschluss zu öffnen.

Sie drehte mit aller Kraft. Es rührte sich nichts.

Jenseits der Badezimmertür hörte sie Veit sprechen. Hoffentlich kam der Hausmeister nicht auf die Idee, in ihrer Wohnung vorbeischauen zu müssen und den schönen Abend zu stören.

Rosina holte eine Nagelfeile und drückte den Sicherungsring der Verschlusskappe mit der Spitze Stück für Stück nach unten. Die kleinen Verbindungsnasen zwischen Ring und Kappe gaben eines nach dem anderen nach.

Tada - und schon ging der Deckel auf. Pure Zauberei.

Sie warf sich erleichtert das Geschirrtuch über die Schulter, steckte das magische Fläschchen in die Hosentasche und drückte die Spülung.

„Ist eine Störung in der Heizanlage. Wird wohl erst morgen früh ein Monteur kommen", sagte Veit.

Er stand angezogen in der Küche.

„Auch gut."

„Ich decke den Tisch, wenn ich darf."

Veit nahm die Karaffe und trug sie zum Esstisch im Wohnzimmer, bevor Rosina ihn hindern konnte. Mist. Jetzt hatte sie keine Zeit mehr, die Tropfen hinein zu träufeln. Wie viel überhaupt? Es stand nichts auf dem Fläschchen, außer der vagen Angabe: Einige Tropfen genügen.

„Könntest du noch Wasser aus dem Keller holen?", fragte sie Veit, als er in die Küche zurückkam.

„Zum Essen ist doch genug oben."

„Aber nicht für morgen", sagte Rosina.

„Irgendwie hab ich das Gefühl, du willst mich loswerden",

sagte Veit. Doch er nahm den Kellerschlüssel vom Haken und machte sich kopfschüttelnd auf den Weg.

Rosina atmete wieder, fischte die Tropfen aus der Hosentasche und tippelte auf Zehenspitzen zum Esstisch.

Sie packte die Karaffe und schenkte erst Veit, dann sich einen großzügigen Schluck Wein ein. Die Tropfen nur in Veits Glas? Oder überhaupt? Nur in seines.

Mit zitternden Fingern und siebenundzwanzig Schulterblicken Richtung Tür schraubte sie die Flasche auf und hielt sie über Veits Weinglas. Nichts kam raus. Ungeduldig tippte sie mit dem Zeigefinger oben drauf. Nichts. Rosina schwitzte.

Sie hielt die Flasche kopfüber über den Wein, patschte mit der Handfläche auf den Flaschenboden - da, ein Tropfen - eine Tropfenkette.

Aus dem Fläschchen fehlte locker ein Viertel.

Rosinas Herz pochte.

„Drei Wünsche von dir", hallte es in ihrem Kopf.

Wie bekam sie jetzt die überzähligen Tropfen wieder raus? Auskippen. Etwas anderes blieb ihr nicht übrig.

Sie nahm Veits Glas, drehte sich um. Veit stand mit einer Wasserflasche vor ihr.

„Fängst du schon ohne mich an? Das sind ja Sitten."

Rosina kicherte. Wie ein Schulmädchen.

„Für dich", sagte sie und reichte ihm sein Glas.

Er stellte das Wasser ab und nahm den Wein entgegen. Dabei musterte er sie viel zu gründlich. Ihr wurde heiß.

„Besser du trinkst heute nichts mehr. Du hast den doch schon ausgiebig probiert, oder?"

„Das stimmt gar nicht!", rief Rosina.

„Wenn du jetzt noch Kerzen auffährst, krieg ich richtig

Angst", sagte Veit.

„Gute Idee!"

Rosina stob davon, holte aus dem Wohnzimmerschrank einen Duftkerzenstumpen mit Rosenaroma, stellte ihn in die Mitte des Tisches und zündete ihn an. Der Stumpen besaß zwar keine magischen Kräfte, doch Rosen und Liebe gehörten zusammen, also konnte der Duft die Lage nur verbessern.

Veit hatte sein Glas abgestellt, ohne zu probieren. Vielleicht hatte sie doch noch Gelegenheit, den Fehler auszubügeln.

*

Rosina hastete in die Küche und rettete die Lasagne vor dem Verkohlen.

Veit deckte den Tisch. Er pendelte zwischen Küche und Wohnzimmer, keine Chance, den Wein auszukippen, ohne dass er es merkte.

Als die Lasagne auf dem Tisch blubberte, hob Veit sein Glas und betrachtete das rote Funkeln darin. Rosinas Puls überschlug sich beinahe. Nicht einmal gegen ihres tauschen konnte sie Veits Glas unbemerkt.

„Bist du nervös?", fragte Veit.

„Nur gespannt, ob es dir schmeckt."

„Dann: Auf uns", sagte Veit und hielt ihr das Glas entgegen.

Rosina stieß an - es klimperte kläglich.

„Das konnten wir schon mal besser", sagte Veit.

Sie probierten es nochmal.

Diesmal klang es hell. Rosina leckte sich über die Lippen und atmete tief aus. Sie musterte Veit über den Glasrand hinweg, während sie nippte.

Er roch am Wein, dann nahm er einen kleinen Schluck und schmeckte viel zu lange daran herum. Sein Gesicht verfinsterte sich.

„Willst du mich vergiften?", fragte er.

Das Weinglas schwankte in Rosinas Hand, der Inhalt blieb gerade so im Gefäß. Hastig stellte sie es ab.

Sie hustete, lachte, hustete wieder. Weil sie nicht wusste wohin mit den Händen, griff sie wieder nach dem Glas.

Veit hielt sich den Wein unter die Nase und wedelte mit zwei Fingern den Geruch heran, wie sie es damals im Chemie-Unterricht gelernt hatten. Währenddessen ließ er sie nicht aus den Augen.

„Jetzt übertreibst du aber! Warum soll ich dich vergiften?", fragte Rosina.

Sie nahm einen ordentlichen Schluck Wein, um ihm zu beweisen, dass er harmlos war. Furchtbar sauer, das Zeug.

„Riecht komisch", sagte Veit.

„Der war teuer."

„Das rechtfertigt nicht, dass er komisch riecht."

„Die Lasagne wird kalt."

Rosina machte sich mit dem Spatel dran, das Essen in Portionen aufzuteilen. Eine erste große Ladung für Veit, eine winzige für sich.

Veit schnupperte noch einmal misstrauisch, nahm einen weiteren Zug aus dem Glas. Wieder schmeckte er lange, bevor er schluckte. Manchmal verfluchte ihn Rosina für seinen Perfektionismus. Jetzt zum Beispiel.

Rosina lud erst ihm auf, dann sich und begann, mit Messer und Gabel zu hantieren. Die Lasagne dampfte, als stünde sie noch bei Vollgas im Ofen.

„Merkst du das nicht?", fragte Veit.

Er hielt ihr sein Glas hin.

Sie nahm es, roch artig. Oh Mann, das ging voll in die Hose. Sie roch etwas. Rotwein war es nicht.

„Muss das Pfirsich-Aroma sein, das auf der Flasche angepriesen war", sagte sie, ohne aufzusehen.

„Pfirsich? Das schmeckt nach Lampenöl."

„Wahrscheinlich kennen wir uns mit teuren Weinen zu wenig aus, um das zu würdigen", sagte sie, nahm einen Schluck aus Veits Glas und schwenkte ihn im Mund, wie sie es im Fernsehen beobachtet hatte.

Es gluckerte in den Backen.

„Das klingt nicht professionell", sagte Veit.

Rosina schluckte und lachte: „Also ich finde ihn okay, auch wenn ich den Pfirsich nicht finden kann."

So eine blöde Idee, den romantischen Abend mit einem Liebeszauber kaputtzumachen. Ohne hätte es auch nicht schlechter laufen können. Tapfer lächelte sie.

„Eigentlich müsste man denen das Zeug vor die Füße kippen. Will gar nicht wissen, was er gekostet hat", brummte Veit. „Aber was solls, spätestens beim zweiten Glas ist es egal, wie er schmeckt."

In einem Zug trank er das Glas leer und schenkte sich nach. Rosina wagte wieder zu atmen.

Sie aßen. Er schnell und effizient. Sie tat nur so.

„Die ist wirklich so gut, wie das Küchenchaos verspricht", sagte Veit, als er den leeren Teller zur Lasagneform schob.

Er langte nach, dann nochmal, während Rosina ihre drei Gabeln voll bereits auf den Hüften wabbeln spürte.

Veit trank fleißig Wein, goss zwischendurch Rosinas Glas mit einem Schlückchen aus der Karaffe auf. Vielleicht klappte es doch noch mit der Romantik. Zauberkraft hin oder her - mit ein bisschen Alkohol konnte der Abend nur in gelöster Zweisamkeit enden. Und die führte bekanntlich zwischen die Laken.

Froh über die glückliche Wendung nach dem holprigen Start, aß Rosina zur Feier des Tages ihren Teller leer und auch der Wein begann ihr zu schmecken.

Nachdem er sein Glas gelehrt, die letzten Lasagne-Reste aus der Form herausgekratzt und vernichtet hatte, legte Veit das Besteck weg. Er wischte den Mund mit der tiefroten Serviette ab, dann lehnte sich weit zurück. Während er die Arme von sich streckte, klappte sein Mund auf. Heraus kam ein herzhaftes Gähnen.

„Vom Wein werd ich immer so müde", sagte er.

„Willst du etwa direkt ins Bett?", fragte Rosina zwinkernd.

Wenn das ein Versuch war, sie herumzukriegen, dann ein schlechter. Aber er war aus der Übung, das musste man ihm zugutehalten.

„Ne, erst wenn der Wein leer ist. So schlecht schmeckt er tatsächlich nicht. Aber Pfirsich?"

Sie teilten den Rest aus der Karaffe und sie tranken ihn in kleinen Schlucken, während sie einander über die Kerzenflamme verstohlen betrachteten.

„Danke für die Lasagne", sagte Veit.

Sie stießen noch einmal an, tranken aus und Veit rückte den Stuhl zurück. Er stand auf, kam um den Tisch zu Rosina herum und legte ihr die Hände auf die Schultern.

Sie schmiegte den Kopf an seinen Bauch, spürte das Kribbeln unterhalb ihres Nabels, das Ziehen der Vorfreude im Unterleib.

Veit beugte sich herunter, schloss die Augen, spitzte die Lippen. Perfekt, dachte Rosina. Einfach perfekt. Sie erwartete den ersten, richtigen Kuss seit Langem hinter geschlossenen Liedern, gespannt, wie sehr es knistern würde, ob sie einander gleich im Wohnzimmer die Kleidung von den hungrigen Leibern rissen oder auf dem Weg zum Bett und dann - küsste er sie auf die Stirn.

„Ich geh Zähneputzen", sagte er.

*

Geputzte Zähne waren ja kein Hinderungsgrund. Ganz im Gegenteil. Nicht sehr romantisch, die erwartungsvolle Frau mit der Zahnbürste hinzuhalten, aber über Reinlichkeit beschwerte man sich nicht.

Rosina zog im Schlafzimmer die Vorhänge zu, dämpfte das Licht und schüttelte die Kissen auf, während Veit auf der anderen Mauerseite gurgelte.

Unterbrechungen sollten das Genussempfinden steigern, hatte Rosina gelesen. Zumindest was das Angucken von Filmen betraf. Möglicherweise galt das aber auch für die menschlichen Grundbedürfnisse. Sie lächelte. Ein bisschen Warten schadete nicht.

„Kommst du auch?", fragte Veit, als er zurückkam.

„Das will ich hoffen", antwortete Rosina.

Sie warf ihm einen verführerischen Blick zu.

„Ich beeil mich", rief sie und flitze ins Bad. Wenn er nach Minze schmeckte, konnte sie kaum mit Wein-Lasagne-

Aroma dagegen müffeln.

Als sie mit turbo-geputzten Zähnen aus dem Bad trat, lag die Wohnung fast ganz im Dunkeln. Nur aus dem Schlafzimmer schimmerte noch gedämpftes Licht in den Flur.

Ein heißes Prickeln schoss von Bauchnabel eine Etage tiefer. Rosina unterdrückte ein Seufzen, zog sich auf dem Flur leise aus, bevor sie in Veits Sichtfeld kam. Langsam, betont beiläufig trat sie in den Türrahmen und drehte sich so, dass er ihren Hintern im besten Licht betrachten konnte.

Der Wein, das Dämmerlicht, die Vorfreude: Rosina mochte ihre prallen Rundungen für einen Augenblick, sie genoss es, üppig und weich zu sein.

„Hi", sagte sie dunkel.

Veit lag im Bett. Die Arme hinter dem Kopf verschränkt, das Gesicht zur Decke.

Rosina räusperte sich.

Keine Reaktion.

Noch einmal. Diesmal lauter.

Veit reagierte - mit einem Ächzen, gefolgt von schweren, gleichmäßigen Atemzügen.

„Der schläft!", rief Rosina.

Fassungslos trat sie ans Bett, betrachtete den schlafenden Ehemann. Sie sank auf ihre Betthälfte. Nackt, wabbelig und doch nicht so begehrenswert, wie er ihr versicherte, wenn er darauf bestand, sie von einer Diät abzuhalten.

Ganz so deutlich brauchte er ihr seine Begeisterung nicht zeigen, der Blödmann. Was für ein Mist. Ohne die dämlichen Tropfen hätte es auch nicht schlimmer enden können. Sieben Euro achtzig für ein Schlafmittel - laut Preisschild. Wer weiß, was sie tatsächlich dafür bezahlt hatte.

*

Rosina lag so lange wach, dass sie überlegte, ob sie nicht noch eine Flasche Supermarktwein köpfen sollte, um endlich auch ins Koma zu fallen. Aber schon beim Gedanken an Wein wurde ihr übel.

Lieber dachte sie darüber nach, ob sie der blöden Zauberladen-Hexe den nichtsnutzigen Zauber um die Ohren hauen sollte, und wenn ja, mit welchen Worten. Oder ob sie doch wieder heimlich eine Diät anfangen sollte, denn vielleicht mochte Veit ihre nicht ganz so straffen Kurven doch weniger, als er immer behauptete.

Mit dem nebelhaften Beschluss, sich von dem Hexenladen fernzuhalten und es lieber mit etwas mehr Gemüse zu versuchen, sank sie schließlich in den Schlaf. Vielleicht hatte sie die Tropfen nur überdosiert. Das konnte den besten Zauber verderben.

*

Morgens huschte Rosina mit verquollenen Augen hinten herum durch die Passage zur Arbeit. Sie mied den Laden, so, wie sie es sich vorgenommen hatte.

Unmotiviert aber entschlossen arbeitete sie die Wiedervorlagemappe ab und verschob den Termin für den Jour-Fix insgesamt vier Mal, weil dem Chef immer noch ein Grund einfiel, ihn anders zu legen. Egal, manchmal hatte er eben komische Launen. Wahrscheinlich litt er an akuter Salat-Vergiftung, der Arme.

Gegen elf schrieb Viola, ob sie sich zum Mittagessen treffen wollten. Rosina hatte keine Lust.

In Violas Augen würde es freudig glitzern, während sie Rosina eine peinliche Frage nach der anderen stellte. Und die Tischnachbarn bekämen dabei lange, rote Ohren.

„Heute ist es schlecht", antwortete sie. „Geht es morgen?"

Viola schrieb nicht zurück.

„Mahlzeit", riefen die Ersten und verließen die Etage Richtung Aufzug.

Sie würden vorbildlich Grünfutter mit Putenstreifen aus dem Pausenladen holen oder Vollkornbrötchen mit Frischkäse und Rohkost-Sticks. Der Chef konnte stolz auf seine verantwortungsbewussten Mitarbeiter sein, die ihr Einkommen direkt in den Erhalt ihrer Leistungsfähigkeit reinvestierten.

Düster erinnerte Rosina sich an den nächtlichen Entschluss, selbst mehr Grünzeug zu essen. Wahrscheinlich sollte sie sogar Sport machen. Bald konnte sie dann zum nächsten Firmenlauf mit antreten, ihren straffen Körper im knappen Sportdress vorführen und für die Verwandlung vom hässlichen Entlein in den heißen Schwan Komplimente einheimsen.

Dann konnte sie über Kohlenhydrate, gute und böse Fette fachsimpeln und Trainingspläne mit den Kollegen vergleichen. Oh Gott. Schreckliche Aussichten!

Rosina hatte gute Lust einfach sitzen zu bleiben und die Ruhe zu genießen, während alle anderswo schwatzten. Dann sparte sie sich die Mittagskalorien ganz. Aber wenn sie auf dem Stuhl einpennte, mit den Abdrücken der Tastatur auf der Stirn und Sabberfäden im Mundwinkel wieder aufwachte, dann musste sie sich einen neuen Job suchen.

Diät hin oder her: Sie brauchte etwas im Bauch. Vielleicht einen Muffin? Nur einen Kleinen.

*

Rosina steuerte aus dem Aufzug und tappte durch das Dämmerlicht der Passage dem vorderen Ausgang entgegen. So erreichte sie den Bäcker schneller, konnte gleich wieder zurück huschen. Pfeif auf den Hexenladen.

„Es hat nicht funktioniert?", fragte eine weiche Stimme.

Nivian Nie. Sie sah noch zerbrechlicher als zuvor. Mit einer perlenbestickten Umhängetasche überm hellgrünen Kleid stand sie vor der Ladentür. Ihr Haar wogte mit der unsichtbaren Dünung. Wieder wirkte sie wie weichgezeichnet. Alles andere in Rosinas Blickfeld schien normal.

„Ich muss weg", sagte Rosina und drängte vorbei.

„Ehrliche Wünsche müssen es sein, Rosina", sagte Nivian.

Rosina hielt inne. Schluckte. Überlegte. Ihr Hirn funktionierte so langsam, wie Nivian sich bewegte. Sie hatte der Frau doch ihren Namen nicht gesagt.

„Prüfe dein Herz, dann kehre zurück", sagte Nivian.

„Die Tropfen waren ganz schön teuer - für ein leeres Versprechen."

Die Passage warf Rosinas atemlose Stimme zurück.

„Ein Wunsch muss konkret sein, nicht vage."

„Trotzdem. Ich bezahle nicht -"

„Es ist ein Geschenk, meine Liebe. Drei Wünsche von dir - bring sie zu mir", sagte die Frau. „Echte Geschenke haben keinen Preis."

„Nein."

„Du wehrst dich, doch du hast die Karte aufbewahrt."

„Ja", sagte Rosina, bevor der Verstand Einhalt gebot.

Nivian lächelte langsam, ganz langsam, neigte märchenhaft den Kopf und schwebte in den Laden. Rosina kam es vor, als hätte sie die Türe nicht einmal berührt, um sie zu öffnen.

Sie riss sich von Nivians Anblick los, entwand sich den Tentakelarmen, die sie umgarnten. Sie hatte zu wenig geschlafen, zu wenig gegessen. Rosinas Füße stolperten davon, dem Licht entgegen.

„Ein Geschenk", murmelte sie. „Ein echtes Geschenk. Was meinst sie denn damit?"

Auf der Straße verschwand sie dankbar zwischen den Flaneuren. Der Duft frischer Krapfen hüllte sie ein.

*

„Hoppla!", rief jemand.

„Viola - was machst du hier?"

„Meine Pflicht", sagte die. „Jemand muss doch nach dir sehen, damit du keine Dummheiten machst."

„Alles gut, ich hab heute nur viel zu tun, wollte nur kurz beim Bäcker -"

„Ach was, komm mit", sagte Viola, hakte sich unter und schleifte Rosina hinter sich her. Auf eines von Violas Verhören hatte Rosina keine Lust, auch wenn sie die aufgezwungene Fürsorge ein bisschen genoss.

„Ich kann aber nicht lang -"

„Mitkommen", sagte Viola.

Und bevor Rosina noch einmal blinzelte, saß sie in der kleinen Pizzeria und fand die Pappkarte mit der Auswahl in ihren Händen.

„Raus mit der Sprache, was ist los!", sagte Viola.

Rosina hielt die Karte höher vors Gesicht und betrachtete die Buchstaben, bis sie verschwammen.

„Nichts. Veit hat keine Punkte. Über alles andere weiß ich nichts", sagte Rosina.

Sie probierte ein Lachen. Es klang merkwürdig.

„Du hast es nicht ernsthaft ausprobiert!"

„Doch", sagte Rosina, und musste richtig lachen.

Sie erzählte Viola, wie der Abend verlaufen war.

„Liebestropfen, die den Mann einpennen lassen!", rief Viola. „Sag nicht, es waren zufällig die Etiketten vertauscht."

„Also ich bin nicht müde geworden davon. Aber ich hatte auch nur ein Schlückchen."

„Hervorragend. Das ist die beste Erfindung überhaupt", sagte Viola. „Die Mädels werden gamsig und die Jungs werden zahm. In der richtigen Dosierung sollte es dann wieder zusammenpassen."

Rosinas Gesicht verwandelte sich in heiße Tomatensauce, Viola wieherte.

„Nicht so laut", zischte Rosina.

Aber Viola lachte nur noch lauter.

„Meinem Sven sollte ich das auch verabreichen - dann bekäme ich mehr Schlaf", sagte Viola, als ihr die Luft wieder reichte. „Hat deine persönliche Hexe noch mehr gute Tricks auf Lager?"

„Keine Ahnung", sagte Rosina. „Die Frau ist komisch, ich weiß nicht, ob ich mich nochmal in den Laden traue."

„Ach komm schon. Du nimmst das alles viel zu ernst, Sinchen. Entweder in die eine oder in die andere Richtung. Entspann dich mal."

„Klar", sagte Rosina.

Der herabrinnende Schweiß kitzelte sie am Rücken.

*

Den Abend verbrachte Rosina allein auf dem Sofa.

Veit tauchte gar nicht erst zuhause auf. Er schickte eine SMS und überließ Rosina sich selbst.

So setzte sie sich ohne vorgetäuschtes Abendessen mit einem Kübel Malaga-Eis und einem kleinen Löffel vor den Fernseher und zappte durch die Frauenprogramme, von denen Veit tatsächlich Punkte und schlechte Laune bekam. Ohne seinen drahtigen Körper in Sichtweite fühlte sich Rosina weniger wabbelig in ihrem Schlafanzug.

Die letzten miesen Gedanken an Gemüse und fettfreien Hüttenkäse verhungerten. Zufrieden löffelte Rosina Eis, ließ es auf der Zunge schmelzen und kaute die rumgetränkten Rosinen. Ihre liebste Arztserie begann, der perfekte Abend.

Aber wenn sie ihre Soaps nicht geben Veits Kopfschütteln und abschätzige Kommentare verteidigen musste, waren sie gar nicht so toll. Vielleicht liebte sie das Zeug nur, weil Veit sich darüber ärgerte. Und womöglich ärgerte er sich nur, weil sie seine Actionfilme schon aus Prinzip nicht mochte.

Der ewige Reiz des Geschlechterkampfes, in dem jeder eine feste Rolle spielte. Sinnlos. Aber besser, als stumm nebeneinanderzusitzen.

Im Fernseher herrschte Aufregung. Eine Verletzte mit dickem Babybauch wurde im Galopp durch die Gänge geschoben, die Ärzte und Schwestern bellten einander Gesprächsfetzen zu.

Rosina langweilte sich. Selbst das Eis schmeckte nicht, wenn es ihr niemand mit dem Suppenlöffel streitig machte.

Sie überlegte, die Mutter anzurufen. Bestimmt wartete die auf den Pflichtanruf der Tochter. Aber wenn sie es recht bedachte: Die Mutter konnte auch bis morgen warten. So langweilig waren Eis und Serie dann doch nicht.

Rosina lächelte über den kühnen Beschluss, bis das Telefon klingelte. Sie brauchte nicht auf das Display schauen, um zu wissen, wer anrief.

„Hi Mama", sagte sie.

„Liebes Kind, du hast schon lange nicht mehr angerufen", sagte die Mutter. „Immer muss ich anrufen."

„Ich wollte grade, als du -"

„Ich mache mir jedes Mal Sorgen, dass was passiert ist."

„Ja."

„Ist Veit da?"

Rosina überlegte, ob ja oder nein die bessere Antwort war.

„Der hat noch zu tun", sagte sie dann.

„Das gefällt mir nicht."

„Was?"

„Dass er sich rumtreibt. Das gehört sich nicht. Dein Vater war abends auch zuhause, dafür habe ich gesorgt. Wenn, dann geht man zusammen aus."

„Mama, er treibt sich nicht herum."

„Ich rede mit ihm, wenn wir uns das nächste Mal treffen. Unter vier Augen."

„Aber-"

„So geht es nicht, es kann sich nicht jeder rausnehmen, was

er will. Du musst dich durchsetzen, Kindchen."

„Ja."

„Hat er immer noch diese Flausen im Kopf, ja? Das ist nichts mit ihm. Hab ich es dir nicht gesagt?"

„Ja, aber was -"

„Na, dass er das Arbeiten nicht erfunden hat, dürfte nicht einmal dir entgehen. Und auf die Idee, eine Familie zu gründen, kommt er auch nicht von selbst."

„Mama!"

„Wir haben uns ja schon so lange nicht mehr gesehen. Alle zusammen, meine ich. Wird mal wieder Zeit."

„Hm", sagte Rosina. „Veit wird sich freuen."

Sie legte auf.

Wie betäubt ging Rosina ins Bad, drückte auf den Seifenspender, bis die Flüssigseife über die Hand herunter lief. Rosina verteilte die Seife, wusch alle Finger einzeln, Handflächen, Handrücken, wieder die Finger, die Handflächen. Wasser darüber, viel Wasser. Der Abfluss erstickte röchelnd am Schaum.

Veit würde wieder schimpfen, weil sie so viel Seife verbrauchte. Die Umwelt und so. Und schlecht für die Haut. Vor der Zeit mit Veit hatte Rosina immer aufgesprungene Hände.

Sie trocknete die roten Finger einzeln ab, jeden Zwischenraum so lange, bis die Haut brannte.

Dann schlich sie zurück ins Wohnzimmer, sank aufs Sofa. Ein ehrlicher, aufrichtiger Wunsch? Dass ihre Mutter sie nicht mehr bevormunden würde. Ja. Genau das. Wenn sie tatsächlich drei Wünsche frei hätte, dann wäre dies einer davon.

Dass die Mutter sich Sorgen machte, das verstand Rosina. Manche Sorgen waren vielleicht sogar berechtigt. Trotzdem.

Sie hatte genug. Irgendwann musste die Mutter erwachsen werden. Aber sie in die Schranken zu weisen, brachte Rosina nicht übers Herz. Auch weil sie ahnte, dass ihr wegen diesen Diskussionen bald wieder das Fleisch von den Handknochen hängen würde.

Als Teenager hatte sie es versucht. Hatte versucht, sich zu entziehen, wollte zu ihrem Vater nach Travemünde - zumindest hatte Rosina läuten hören, er wäre dort. Wollte zu ihm fahren, trotz dieser Sache, an die sie nicht denken wollte. Nur, um nicht mehr unter dem strengen Regiment der Muter zu stehen.

Rosina gab auf, bevor sie im Schulatlas nachgeschlagen hatte, wo Travemünde lag. Sie war Mutters Kind. Ihr Eigentum. Und sie blieb es.

Dass Rosina mit zwanzig ohne ausdrückliches Einverständnis der Mutter mit Veit zusammenzog, endete für die Mutter mit einer Metastase in der Brust. Das hatte Rosina nicht gewollt. Die frische Liebe ging eben ihren Weg, doch im Stillen wusste sie, dass sie egoistisch gehandelt hatte.

„Drei Wünsche von dir - bring sie zu mir."

Wenn die Frau tatsächlich eine Fee war? Dann wäre alles ganz einfach. Dann müsste sie die Mutter nicht vor den Kopf stoßen, sondern die Dinge würden sich ganz unauffällig klären. Ohne verletzte Gefühle und schlechtes Gewissen. Ohne der Mutter schlimme Qualen und eine Chemotherapie zu bescheren. Einfach, als wäre es nie anders gewesen. Als gingen sie schon immer entspannt miteinander um.

Rosina saß kerzengerade auf dem Sofa, die Schultern entspannt, den Kopf erhoben. Sie fühlte sich ruhig, viel ruhiger als sonst.

*

Den Vormittag über tippte Rosina konzentriert, machte kaum einen Fehler. Die Schreibarbeiten erledigte sie in einem rekordverdächtigen Tempo. Sie schielte auf die Uhr. In Anbetracht ihrer Effizienz konnte sie ein bisschen früher in die Mittagspause verschwinden.

Bevor die Angst sie zurückhielt, stand Rosina mit pochendem Herzen und feuchten Händen vor der Tür zur Nivians Laden, drückte, drückte nochmal - die Tür ging nicht auf. Ziehen half auch nicht. Drinnen lag der Verkaufsraum im Dunkeln, niemand zu sehen.

Die Waren ruhten an ihren Plätzen. Alles zum Greifen nah - nur war Rosina ausgesperrt.

Vielleicht war es besser, wenn sie unverrichteter Dinge wieder ging. Es war eine dämliche Idee, mit diesem Wunsch herzukommen. Und wenn die Sache genauso wie die mit den Liebestropfen in die Hose ging? Veit würde sie den Rest ihres Lebens damit aufziehen, sollte er jemals Wind davon bekommen.

Und Viola erst. Viola würde vor Lachen ersticken.

Aber - in Rosinas Brust breitete sich Enttäuschung aus.

„Willkommen", sagte Nivian.

Rosina zuckte schon wieder zusammen. Dass diese Frau sich ständig anschleichen musste.

Nivian wies auf die Tür, die langsam, ganz langsam aufschwang.

„Komm nur herein, Rosina."

Rosina sah sich nach beiden Seiten um, dann schlüpfte sie

in den dunklen Laden. Als Nivian nach ihr eintrat, kam es ihr vor, als erhellte sich der Raum um einige Nuancen.

„Ein Wunsch?", fragte Nivian. „Ein echter, aufrichtiger Wunsch?"

„Hm."

„Komm."

Rosina fröstelte und schwitze. Sie kam sich in Nivians Gegenwart noch fülliger und plumper vor als neben Veit. Dazu fühlte sich die Haut an, als würgte sie. Kälte kroch in Rosinas Brust.

„Hierher, komm nur, komm und folge mir", sagte Nivian.

Sie schwebte mit fließenden Bewegungen über den Boden in den hinteren Teil des Ladens, wo ein samtener Vorhang ein Separee abschirmte. Nivian hielt den Vorhang einladend zur Seite und bedeutete Rosina, hindurchzugehen.

„Nimm Platz, nimm nur Platz, Rosina. Ein Augenblick noch, und ich bin bei dir."

Rosina setzte sich auf die vordere Kante des Holzstuhls, den sie für den ihr zugewiesenen hielt. Vor ihr ein rundes, blank poliertes Tischchen, in dem sich Rosinas Schemen spiegelte, und ein zweiter Stuhl. Mit dem einen Ellenbogen streifte sie den Vorhang, er andere stieß an die Wand.

Es war düster und stickig hier drin.

Vielleicht sollte sie verschwinden. Sich einen anderen Job suchen. Weit weg von dieser merkwürdigen Frau, die es auf Rosina abgesehen haben musste. Eine stalkende Fee. Rosina sollte gehen, auf ihr Gefühl hören - doch wie ein hypnotisiertes Kaninchen saß sie still. Die Augen offen, die Löffel weit. Nur Rosinas Nase wackelte nicht.

Ein Schlüssel klirrte. Die Fee hatte von innen abgesperrt.

Rosina saß fest. Ihre Augen suchten einen Fluchtweg, doch der Kopf bewegte sich nicht. Sie wollte aufstehen, doch die Kraft dazu fehlte.

Sollte sie darum bitten, gehen zu dürfen, ganz höflich? Oder um Hilfe schreien. Die Dunkelheit, die Enge, das Gefühl, gelähmt zu sein -

Der Vorhang bewegte sich unmerklich, dann teilte er sich, langsam, ganz langsam. Nivian schwebte herein. Es schien Rosina, als verdrängte zarte Frau das letzte bisschen Luft im Separee. Im dämmrigen Licht ging ein mattes Strahlen von Nivian aus.

Anmutig und mit viel Zeit, nahm Nivian gegenüber am Tischchen Platz. Mit geschmeidigen Fingern strich sie sich durchs wogende Haar.

„Du hast noch nie gewünscht, liebste Rosina?", frage sie.

Rosina versuchte, den Kopf zu schütteln. Das unscharfe Bild, die schwimmenden Bewegungen, das machte sie auf festem Boden seekrank.

„Schließ die Augen, Rosina. Schließ die Augen. Fühle deinen Wunsch, tief im Bauch. Dann nimm ihn heraus und lege ihn vor mich hin auf den Tisch."

Rosina kicherte. Es klang wie ein Schluckauf.

„Entspann dich. Lehn dich zurück. Schließe die Augen."

Rosina schluckte, rückte bleischwer auf dem Stuhl nach hinten, lehnte sich an die Stuhllehne und versuchte sich zu erinnern, wie man sich entspannt.

„Schließ die Augen, schließe sie", murmelte Nivian.

Sie bewegte die Hände so langsam, so schön. Rosinas sich aufbäumende Haut, der Ekel am ganzen Körper, das alles trat zurück hinter dem Anblick dieser geschmeidigen Hände, die tanzten wie Tang am Meeresgrund.

„Schließ die Augen."

„Ja", flüsterte Rosina.

Die Augen fielen zu. Schwer die Lider wie fallende Eisengitter vor Fensterhöhlen in kaltem steinernen Mauerwerk. Unwiderruflich war der Kerker geschlossen.

Der Wunsch sollte im Bauch sein? Wo war nur der Bauch. Alles so fremd und schwer, wie im Tod erstarrt. Nicht mehr Rosinas Zuhause. Sie spürte die Hände nicht mehr, versuchte, sich zu erinnern, ob sie auf dem Tisch lagen oder auf den Schenkeln.

Hände bewegen, befahl sie - der Befehl kam nicht an.

Rosina versuchte, die Augen zu öffnen, doch die Fenster blieben verriegelt. Sie fand den Schlüssel nicht.

„Ganz ruhig, meine Liebe. Werde ganz ruhig. Gib dich hin", hauchte Nivian. „Erinnere dich an deinen Wunsch. Ihn musst du suchen. Nur den Wunsch."

Panik stieg in Rosina auf, sie rang mit ihr, rang um das Bild der Mutter, deren Kommandos sie nicht mehr hören wollte. Keine Bevormundung mehr, keine Inbesitznahme mehr.

Der Puls beruhigte sich allmählich.

„Wo liegt dein Wunsch, liebe Rosina? Wo verbirgt er sich?"

Rosina suchte, ohne recht zu wissen, was - bis sie auf etwas Festes stieß. Irgendwo, ganz tief in ihren Eingeweiden steckte ein Klumpen. Groß und schwer wie ein Pferdekopf, die Bürde die Tochter ihrer Mutter zu sein, ihren Befehlen zu gehorchen, nett zu ihr zu sein. Ihr nicht zu widersprechen. Trotz allem. Schwer und bedrückend der Wunsch, endlich frei zu sein.

Sie spürte den Klumpen so deutlich, als hätte er feste

Konturen in ihrem Bauch. Ein verknöchertes Krebsgeschwür. Eine gigantische Metastase. Die Metastase, die die Mutter der Tochter lebenslänglich bescherte, nicht umgekehrt.

Rosina wurde schlecht.

„Nimm deinen Wunsch, nimm ihn mit beiden Händen", murmelte Nivian.

Rosina gehorchte, ohne nachzudenken, führte kribbelnde Hände zum Bauch, nahm den Klumpen und legte ihn vor sich auf den Tisch.

„Du fühlst dich leichter, nicht wahr?", hauchte Nivian.

Rosina fühlte sich wie ausgegossenes Kerzenwachs. Angenehm warm und weich und geschmeidig und absolut unfähig, etwas anderes zu tun, als über den Stuhl zu fließen. Die kalte Mauer, das Eisen, der Tod - verschwunden.

Diese betörende Leichtigkeit im Bauch.

Etwas schmatzte. Schluckte. Schmatzte wieder.

Rosina versuchte, die Lider zu heben, doch sie waren zäh und klebrig. Nicht schwer, nein, nur zu substanzlos, sie zu bewegen. Sie entglitten Rosinas Willen.

Entfernt pochte etwas.

Raschelnd entschwebte Nivian, Rosina fühlte das Nachlassen ihrer Präsenz. Je weiter sie sich entfernte, desto fester wurde Rosinas Körper, das Wachs kühlte ab. Die Lider nahmen Gestalt an.

Rosina blinzelte, begann vage zu sehen. Sie orientierte sich.

Noch einmal pochte es - an der Glastür bestimmt. Der Schlüssel klirrte.

„Ein Paket für Sie", sagte ein Mann weit entfernt.

„Nicht für mich", sagte Nivian.

„Aber das ist doch Ihre Adresse?"

„Ja."

„Und Frau Eberer? Das sind Sie nicht?"

„Nein, mein Lieber."

„Vielleicht die Vormieterin vom Laden - haben Sie deren Adresse?"

„Geht mich nichts an", sagte Nivian. Nun klang ihre Stimme hart, schnell, tief. Kein bisschen feenhaft.

„Wenn Sie vielleicht -"

„Verschwinden Sie und kommen Sie wieder, wenn Sie lesen können", bellte Nivian.

Rosina saß kerzengerade im Separee, starrte auf den blanken Holztisch, wo sie erwartete, den Klumpen zu sehen.

Doch er war nicht da. Nur ein paar Krümel lagen auf der glänzenden Platte beisammen. Als hätte Nivian dort ein Pausebrot verputzt, während Rosina ihr Innerstes nach außen kehrte, gleichsam durch den Tod in ein neues Leben ging - das war demütigend.

„Verzeih, liebste Rosina", hauchte Nivian, als sie den Kopf durch den Vorhang gleiten ließ.

Rosina nickte.

„Geh nun deiner Wege. Geh hin und sieh, was kommen mag", sagte Nivian.

„Ja", sagte Rosina. „Wiedersehen."

Ihre Erziehung verlangte ein Danke von ihr, aber das ging nicht, sie bekam es nicht von der Zunge über die Lippen geschubst. Rosina stand mit wackeligen Beinen auf.

„Wirst sehen, alles wird sich zum Guten wenden. Noch vor der Nacht wird es richtig Tag", sagte Nivian, langsam, salbungsvoll. Ihre Wangen wirkten rosig.

Rosina taumelte halb rückwärts aus dem Laden, schwer

damit beschäftigt, nirgends anzustoßen.

Wer war diese Nivian? Eine Verrückte, die ihre eigenen Geschichten glaubt? Eine, in deren Kindheit ein paar Sachen zu viel schiefgelaufen waren? Oder wirklich ein Wesen aus einer anderen Dimension.

Rosina traute ihr nicht. Jetzt noch weniger, als zuvor. Das war alles, was sie mit Sicherheit wusste. Trotzdem ging etwas Magisches von Nivian aus, das sich Rosina nicht schlecht reden konnte.

Durch die Passage geisterte Rosina in Richtung des Aufzugs. So leicht, ja, plötzlich fühlte sie sich leichter als sonst. Als zöge die Schwerkraft nicht mehr so vehement an ihrem Körper, als stauchte sie ihren Leib nicht mehr zu einer wabbeligen Kugel. Rosina schwebte, rempelte jemanden an, taumelte zur Passagenwand gegenüber.

Und sie fühlte etwas Fremdes auf der Zunge. Einen merkwürdigen Appetit - auf Bratwürste mit Sauerkraut.

*

„Alles klar?", fragte Veit und musterte Rosina so lange, bis sie nickte und sich seinem Blick entzog, indem sie weiter Salat und Bratwürste in den Kühlschrank räumte.

„Ich komme diesmal früher, okay?", sagte Veit.

„Mach wie du meinst. Bin ja ein großes Mädchen."

„So groß bist du auch wieder nicht."

„Vorsicht!", rief Rosina und machte mit der vorgestreckten Salatgurke einen raschen Schritt auf ihn zu. „Komm du mir nachhause, Freundchen."

Veit floh lachend aus der Küche, sie jagte ihm nach, stellte ihn an der Wohnungstür, bohrte ihm die Gurke in die Brust.

„Gnade", rief er. „Tu das Ding weg!"

„Da hat jemand Angst vor Gemüse? Interessant."

„Das ist unfair!"

„Kann schon sein", gab Rosina zurück.

Sie ließ von ihm ab, stolzierte zurück zur Küchentür und drehte sich dort mit vorgestreckter Gurke noch einmal nach Veit um.

„So lange es funktioniert, muss es nicht auch noch fair sein", sagte sie.

Lächelnd marschierte sie in die Küche und räumte die Gurke ins Gemüsefach. Damit sie schön knackig blieb für den nächsten Fall männlichen Größenwahns. Sie kicherte.

Im Flur schlüpfte Veit in seine Schuhe und öffnete die Tür.

„Bis nachher", rief er.

Sie wunderte sich über die Behändigkeit, über das Spontane, das plötzlich aus ihr hervorbrach.

Eigentlich wollte sie ihn fragen, ob sie wieder einmal zusammen ins Kino gehen wollten. So wie Früher. Doch er war schon weg. Sie hatte Lust darauf, mit ihm zusammen etwas Besonderes zu machen. Zumindest etwas anderes, als den Abend auf der Couch zu verbringen und dieselben Gespräche wie immer zu führen, wenn sie nicht schwiegen.

Aber das lief nicht weg.

Dass Veit abends seiner Wege ging, störte sie ja überhaupt nicht. So konnte sie eine Weile tun, worauf sie gerade Lust hatte und freute sie sich umso mehr auf die gemeinsame Zeit. Sie wusste, dass er zu ihr gehörte. So, wie es sein sollte. Auch, wenn es weder Viola noch die Mutter verstanden. War doch alles prima. Vielleicht führten erst Veits Alleingänge dazu, ihre müde Beziehung aus dem Dornröschenschlaf zu wecken.

Trotzdem tauchte die Erinnerung an den hellen Fleck auf Veits Hose wieder auf. Frisch geduscht brach er immer auf. Natürlich nur, damit er Rosina nachts nicht störte. Vielleicht war sie zu gutgläubig.

*

Das Erlebnis bei Nivian brannte Rosina noch auf der Seele. Es drängte sich zwischen Rosina und alles, was sie anzupacken versuchte. Unverhofft schüttelte sie wieder das Gefühl der sich windenden, würgenden Haut, die Erinnerung daran, wie sie ihren Körper nicht mehr spürte.

Dazu die Peinlichkeit, dass sie sich selbst in diese schräge Situation gebracht hatte. Obwohl sie wusste, dass die Frau nicht ganz sauber war.

Umso besser, dass Veit sie alleine ließ. Dann rutschte es ihr nicht aus Versehen heraus. Besser, sie vergaß es so schnell wie möglich.

Rosina duschte, legte Wäsche zusammen. Als sie Hunger bekam, briet sie die Bratwürste, legte sie auf einen Teller und nahm sie mit ins Wohnzimmer. Dort stellte sie den Fernseher an, blätterte dazu in einer Zeitschrift und aß nebenbei Bratwürste mit den Fingern.

Noch immer spürte sie die seltsame Intimität des Geschehens und wand sich innerlich vor Scham. Sie bekam diesen Mist nicht aus dem Kopf. Auch nicht die Erleichterung danach, das merkwürdige Schweben.

„Noch vor der Nacht wird es richtig Tag", hatte Nivian zu

ihr gesagt.

Was meinte die Schrulle damit? Das Herumalbern mit Veit? Aber das hatte nichts mit Rosinas Wunsch zu tun, ihre Mutter möge nicht mehr nerven. Das konnte höchstens eine Begleiterscheinung sein. Rosina schaute auf die Uhr.

Noch zwei Stunden blieben vom Tag, auch wenn draußen schon Dunkelheit herrschte. Danach sollte die Mutter nicht mehr herummotzen und meckern, wenn Rosina die seltsamen Worte richtig deutete.

Doch ein kalter Gedanke fiel über Rosinas Hoffnung: Was, wenn Rosina die Erfüllung ihres Wunsches noch heute auf die Probe stellen musste? War es mit Einbruch der Nacht etwa schon zu spät?

Rosina schnürte ziellos umher, immer in Sichtweite des Telefons - und weit genug entfernt, um nicht versehentlich danach zu greifen.

Blödsinn, wenn der Wunsch tatsächlich in Erfüllung ging, dann ohne weitere Bedingungen. Das hätte Nivian ihr doch deutlicher gesagt, oder nicht?

Rosina drehte noch ein paar Runden durchs Wohnzimmer. Dann seufzte sie, packte das Telefon und wählte die Mutter an. Schlafen konnte sie sonst nicht.

„Wird Zeit, dass du dich meldest. Von dir hört man ja gar nichts mehr", sagte die Mutter.

„Hm", machte Rosina.

„Der Veit treibt sich wieder rum, hab ich Recht?"

„Nein, er ist hier."

„Hab ich es mir gedacht. Wenn ich den erwische. Nächste Woche lese ich ihm die Leviten."

„Hörst du mir eigentlich zu?"

„Unter vier Augen! Und der scheußliche Laden - von dem hältst du dich doch fern!"

„Hm."

„Die Carmen ist jetzt mit dem dritten Kind schwanger, hast du das gewusst? Und sie besucht ihre Mutter jeden Tag. So ein tolles Mädchen. Das wäre eine Tochter."

„Tut-tut-tut", sagte Rosina.

Die Mutter quasselte weiter. Ganz wie immer. Rosina zuckte die Schultern, setzte sich aufs Sofa und hörte sich den Worterguss eine Weile an. Dann wusste sie nicht mehr, warum sie das Telefon ans Ohr hielt, sagte „bis dann" und drückte die rote Taste.

Leicht, merkwürdig leicht. Sie stand vom Sofa auf, schwebte zum Fenster und schaute hinaus in die Nacht. Vor dem schwarzen Himmel hingen die von der Stadt beschienen Wolken so tief, dass Rosina glaubte, sie spüren zu können, wenn sie sich nur weit genug nach ihnen streckte.

Sie öffnete das Fenster, ließ die weiche Stadtluft herein und atmete in tiefen Zügen. Sie hatte keine Ahnung, ob ihr Wunsch tatsächlich in Erfüllung gegangen war. Eigentlich nicht, aber - als sie eine Weile hinaus schaute, fiel ihr auf, dass sie kein Verlangen spürte, sich die Hände zu waschen. Sie fühlte sich kein bisschen belastet und beschmutzt. Zum ersten Mal, seit sie einigermaßen klar denken konnte.

Also hatte es funktioniert. Auf eine unerwartete Weise zwar, aber wer wollte da pingelig sein.

Rosina hatte die ganze Packung Bratwürste aufgegessen, obwohl sie abends nie richtig Appetit hatte. Noch ein Wunder, auch wenn sie nicht wusste, ob sie sich darüber freuen sollte. Der Hosenbund würde sie bald in die Realität zurück kneifen.

An diesem Abend schlief Rosina lächelnd ein. Zum ersten Mal in ihrem Leben nackt, obwohl die Mutter tot umfallen würde, wenn sie davon erführe. Nivian war schon in Ordnung. Eine wirklich faszinierende Frau.

*

„Du, wir machen am Wochenende einen Pärchenabend mit den Mädels aus der Berufsschule. Simone und Jörg sind da und Barbara und Kevin. Und ihr beide natürlich. Dann ist die Bude endlich wieder richtig voll!", rief Viola.

Sie beugte sich so weit über den Tisch, dass ihre Brüste fast den Kaffee umstießen und strahlte übers ganze Gesicht.

„Die hab ich auch lange nicht gesehen", sagte Rosina. „Sind die alle noch zusammen?"

„Und wie! Barbara ist sogar verlobt."

„Wirklich? Erzähl!"

Rosina rückte weiter vor, so dass sie beide über dem kleinen Café-Tisch hingen. Rosina stellte tausend Fragen, Viola antwortete und zeigte gleich noch ein paar Fotos von Simones Hund und Barbaras Verlobungsring am Handy.

„Da schau: Euer Hochzeitsbild habe ich auch noch drauf", sagte Viola.

Sie hielt Rosina das Foto unter die Nase. Veit und Rosina, ganz, ganz eng umschlungen. Er im leger geknöpften Hemd, sie in einem weichen, fließenden Kleid, einen Kranz echter Margeriten im Haar. Den hatte Viola besorgt und ihr am Tag der Hochzeit eigenhändig auf den Kopf gelegt.

Viola war ihre allerbeste Freundin. Doch auf dem Hochzeitsbild sah Rosina auch etwas anderes: Dass Veit und sie damals mehr wussten als heute. Vor drei Jahren gab es außer ihnen beiden nichts von Belang. Keine Eltern, keine Freunde, keine Arbeit. Nur das allumfassende Gefühl der Liebe, in deren Licht der Rest der Welt magisch schimmerte.

Rosina lächelte. Auf dem Foto sahen sie beide jünger aus. Und so, als ob sie die Welt gemeinsam aus den Angeln heben könnten. Doch da hatten sie sich wohl getäuscht.

„Wie lange hab ich Veit eigentlich nicht mehr gesehen?", fragte Viola.

Plötzlich fühlte Rosina sich rosinenklein. Kein bisschen mehr leicht und schwebend.

„Du, am Wochenende - ich weiß nicht, ob das klappt."

„Jetzt sag nicht, es stimmt was nicht!", rief Viola.

„Ach, halb so wild, beruhige dich."

„Erst sagst du mir, was los ist."

„Veit ist nur gelegentlich unterwegs. Deshalb."

„Immer noch? Mach mir nichts vor, was treibt der?"

„Ist ein großes Geheimnis."

„Lass mich raten: Es ist blond und trägt Größe 34."

„Quatsch."

„Was dann?"

„Lass gut sein."

„Vergiss es. Der kann dich doch nicht alleine lassen - und nicht mal dir sagen, was er macht."

„Du verstehst das nicht."

„Nö - du aber auch nicht, Sinchen! Und es macht dich traurig, egal was du behauptest."

Rosina zuckte die Schultern. Trank einen Schluck inzwischen kalten Milchkaffee, stellte die Tasse wieder ab.

„Sprich mit ihm. So geht`s ja nicht", sagte Viola.

„Das sagst du so leicht."

„Klar ist das blöd, aber dann hast du es hinter dir. Man kann nicht zusammenleben und nicht richtig miteinander reden."

„Er mag keine Gefühlsduselei, das ist alles. Man muss ja nicht alles zerreden."

Viola zog die Augenbrauen bis zum Scheitel hoch.

„Also ich würde mir den vorknöpfen, das ist wichtig."

„Ja", sagte Rosina. Und dachte: Ja, du würdest das machen. Ich kann das einfach nicht, egal wie fest ich es mir vornehme. Und so dramatisch war es ja auch nicht.

Kein Grund zum Heulen. Kein bisschen. Nur weil Viola so ein Drama daraus zauberte, fühlte Rosina sich nun mies.

*

Der Nachhauseweg kam Rosina länger vor als sonst. Sie schleppte sie eine zentnerschwere Eisenkugel mit sich herum, wollte endlich ankommen, sich ausruhen - und doch nicht die Wohnungstüre öffnen und feststellen, dass Veit nicht da war.

Rosina schloss die Tür auf und wusste, sie war allein. Kein Laut drang heraus, kein Licht, kein Leben. Sie schmiss die Schuhe in den Flur und schlurfte mit hängenden Schultern ins Wohnzimmer.

Es machte gar nichts, alles okay. Aber es fühlte sich furchtbar an.

Da! Auf dem Tisch lag etwas. Eine riesige Schachtel Pralinen. Die Sorte, für die sie morden würde, oder Schlimmeres. Und darauf klebte eine gelbe Haftnotiz, die ihr sagte: „Danke für deine Geduld mit mir!"

Rosina lachte, während ihr die Tränen über die Backen liefen. Ihm zu unterstellen, er würde mit einer anderen - total dämlich. Sie vermisste ihn trotzdem schrecklich. Mit jedem Mal, das er abends verschwand, ein kleines Bisschen mehr, das merkte sie jetzt.

Und dann kam ihr die Sache mit dem Liebeszauber wieder in den Sinn: Sex hatten sie schon seit hundert Jahren nicht mehr gehabt. Sie würden nochmal Aufklärungsunterricht brauchen, wenn es sich durch eine wundersame Fügung des Schicksals ergab, dass sie sich gleichzeitig nackt im selben Raum aufhielten.

Das Schwere, die Eisenkugel, ja. Das fühlte sich an, wie das, was sie bei ihrer Mutter empfunden hatte.

Sie konnte sich einreden, was sie wollte, alles objektiv betrachtet gut finden. Die Sehnsucht fraß sie auf.

Rosina ging duschen, konzentrierte sich auf Shampoo und Wasser, dann aufs Handtuch und den Föhn. Sie schnitt und feilte ihre Nägel an Händen und Füßen, inspizierte die Hornhaut, die ersten Fältchen unterm Auge und wog ihre Brüste mit den Händen. Dann musste sie dringend das Badschränkchen ausmisten und umsortieren und die Waschmittelschublade der Waschmaschine sah unglaublich schmutzig aus.

Es war schon nach zehn, als Rosina aus dem Bad kam und wieder an der riesigen Pralinenschachtel vorbei kam. Und da huschte der Gedanke klar und offensichtlich durch ihren Kopf, um den sie sich den Abend über gedrückt hatte. Nivian. Der zweite Wunsch.

Ja. Das war ein richtig echter Wunsch: dass Veit wieder Zeit mit ihr verbrachte.

Ruhig nahm sie die überraschend schwere Pralinenschachtel

mit aufs Sofa, riss die Folie ab und lüpfte den Deckel. Unglaublich, so viele leckere Schokoladen-Happse. Locker ein Kilo Genuss. Und alles ganz für sie allein.

Rosina betrachtete die Auswahl, während sich unter ihrer Zunge eine Pfütze bildete. Sie entschied sich für ein Praliné, das von dunkler Schokolade umhüllt, mit einem Pistaziensplitter gekrönt, aus der Verpackung winkte. Die Schokolade mit der Zunge an den Gaumen gedrückt, wartete sie, bis der Schmelz den ganzen Mund ausfüllte und saftiges Persipan sich um die Geschmacksknospen schmiegte. Genüsslich leckte sie sich die Schokoladenreste von den Zähnen und lächelte.

„Drei Wünsche von dir ..."

Sollte sie - oder sollte sie nicht? Der Gedanke an Nivian jagte ihr heiß-kalte Schauer im Zickzack zwischen den Schulterblättern hin und her.

*

Rosina zögerte die Mittagspause hinaus. So lange, bis die ersten Kollegen bereits mit gesundheitsbewusst nur zur drei Vierteln mit Salat gefüllten Bäuchen zurückkamen. Sie wollte nicht und wollte doch. Jetzt? Nein.

Entschlossen stand sie auf, schlüpfte in die Jacke und fuhr mit dem Aufzug zuerst eine Etage höher, wo noch drei Leute einstiegen, dann hinunter ins Erdgeschoss. Viel zu früh spuckte der Aufzug sie in die Passage.

Rosina wartete, bis die drei von oben schwatzend davon staksten. Das nervöse Kribbeln im Rücken, das sie den ganzen Vormittag über gespürt hatte, lähmte Rosina. Sie leckte die Lippen zum hundertsten Mal ab - inzwischen fühlten sie sich rau an. Sie wollte fliehen, konnte es nicht. Hingehen, es hinter sich bringen - sie stand wie festbetoniert. Sie konnte sich nicht entscheiden. Noch nicht, vielleicht nie.

Ihre Füße wandten sich nach links, weg von dem Hexenladen, tappten über den kopfsteingepflasterten Platz, umrundeten den U-Bahn-Zugang und Klapptische, Stühle, Sonnenschirme, abgestellte Fahrräder und alte Kastanienbäume, zwischen denen Lampions baumelten. Sie wechselten zum Gehsteig an der vorderen Passagenseite, wichen vollautomatisch leeren Papiertonnen und einem Bettler mit nach vorne abgeknicktem Bein aus - und erreichten viel zu früh den Passagenzugang auf der Seite von Nivians Laden.

Ehe Rosina etwas dagegen unternehmen konnte, ehe sie überhaupt wusste, was sie tat und ob sie das wollte, drückten ihre Hände die Türe auf und die Füße gingen hinein.

„Willkommen, liebe Rosina", sagte Nivian.

Obwohl die Frau ruhig hinter der Kasse auf einem niedrigen Hocker saß, drückte ihre Präsenz Rosina beinahe gegen die Glastür. Rosinas Atem ging flach, zu flach für eine Flucht, zu flach für eine Erklärung.

„Schon gut, ich weiß, weshalb du hier bist", sagte Nivian.

Geschmeidig erhob sie sich, ohne eines der baumelnden Windspiele zu berühren oder ein Edelsteinkettchen zu streifen. Geräuschlos glitt sie hinter dem Tresen hervor, ein traumleichtes Lächeln schwebte ihr voran. Sie sah gesünder aus, ein wenig voller im Gesicht, aber vielleicht täuschte sich Rosina.

„Nun komm, liebe Rosina. Habe ich zu viel versprochen? Es hat doch funktioniert?"

„Irgendwie schon", keuchte Rosina.
„Noch am selben Abend?"
„Ja. Obwohl -"
„Wünschen können wir, was wir wollen. Auf welche Weise sich die Dinge fügen, entzieht sich unserem Einfluss."
„Erfüllst nicht du, ich meine Sie -"
„Du. Berufsgeheimnis. Wenn ich es dir sage, wird mir die Zunge abgeschnitten", hauchte Nivian.
Rosina riss die Augen auf.
„Nun komm. Du musst bald zurück im Büro sein", sagte Nivian, noch immer lächelnd.
Rosina schluckte. Dass sie einem Bürojob nachging, war nicht schwer zu raten. Sicher hatte Nivian gesehen, welchen Aufgang sie benutzte.
Nivian hielt den Vorhang des Separees zur Seite und Rosina tappte hinein, nahm auf dem furchtbar unbequemen Stuhl Platz, während Nivian lautlos die Tür erreichte, absperrte und zurück schwebte, geschmeidig auf ihren Stuhl glitt und wirkte, als säße sie nirgends lieber.
Rosina raspelte mit der Zunge über die rauen Lippen.
„Nun denn - schließe die Augen, liebe Rosina."
Rosina gehorchte, zwang die Lunge, tief Luft zu holen und spürte bald wieder einen dicken Klumpen im Bauch Gestalt annehmen. Sie versuchte zu ergründen, wie er beschaffen war, ob er echt war oder nur in ihrer Vorstellung existierte. Aber ihr Kopf fühlte sich so schwammig an, die Gedanken versickerten darin. Denken konnte sie vergessen, aber sie spürte die Konturen des Klumpens mit jedem Herzschlag deutlicher. So deutlich, bis sie glaubte, die scharfen Ränder mussten ihr die Bauchdecke zerschneiden.

Ohne zu verstehen, wie es möglich war, griff sie in ihren Bauch, barg den Klumpen und ließ ihn auf den Tisch fallen. Sie hörte etwas Schweres kollern. Die Arme sackten kraftlos herunter, in Rosinas Kopf tanzten Glühwürmchen den Nussknacker. Selbst Luft zu holen erforderte ungeheure Willensanstrengung. Von sich aus atmete ihr Körper nicht.

Wie durch Wasser im Ohr hörte sie ein undefinierbares Geräusch. Etwas Rhythmisches, Feuchtes - als kaute Nivian.

Rosina konnte kaum aufrecht sitzen, ihr war, als glitte sie tiefer und tiefer und gleichzeitig fühlte sie sich so leicht, dass sie hätte davon schweben können.

Es raschelte ganz leise, das Geräusch von übereinander streifenden Stoff, fern und nah zugleich. Rosina fiel das Atmen plötzlich leichter, sie spürte ihren Körper wieder und die Augen öffneten sich langsam. Nivians Stuhl war leer.

Schwankend erhob sich Rosina, steuerte durch den Vorhang in den Verkaufsraum, umschiffte die Regale und Tischchen, torkelte auf den Ausgang zu.

Sie hörte sich „Danke" sagen, noch immer Wasser im Ohr.

„Ich danke dir", sagte Nivian sanft.

Rosina schlingerte durch die Passage, kollidiere auf wundersame Weise mit niemanden, fand sich zu ersten Mal beim Straßenverkauf des Metzgers an der Ecke ein und orderte ein Schaschlik.

Sie verputzte es an einem Stehtisch, leckte die Finger ab und bestellte noch eine Portion. Das Würzige, Fleischige füllte ihren Mund mit Substanz, rutschte hinab in den Magen. Nach und nach spürte Rosina um das Mittagessen herum ihren Körper wieder. Die vage Angst, sich unbemerkt in Luft aufzulösen, klang langsam ab.

Alles halb so wild. Wer konnte schon von sich behaupten, eine so magische Erfahrung gemacht zu haben? Fast, als wäre sie für ein paar Minuten nicht in ihrem Körper zuhause gewesen. Andere dröhnten sich für so etwas mit harten Drogen zu. Hatte sie gehört.

Rosina kicherte, als sie wieder in die Passage trat. Der düstere, lieblos mit Stein ausgelegte Tunnel warf ihr Lachen dumpf zurück. Dass ausgerechnet ihr so etwas Aufregendes widerfuhr - unbezahlbar.

Doch als sie auf den Aufzug wartete, kam ihr der Gedanke, dass sie ganz schön gemein war: Sie versuchte Veit mittels okkulter Praktiken zu manipulieren - während er ihr eine gigantische Pralinenschachtel schenkte. Aber manipulierte er sie damit nicht auch?

Sie trat in die wartende Kabine. Aus dem Aufzugspiegel sah Rosina ein schwammig-blasses Gesicht entgegen, ein feiner Schweißfilm schimmerte über der schuppigen Oberlippe wie ein Wasserbart.

*

Das Telefon ans Ohr geklemmt, tat Rosina, als telefonierte sie mit ihrer Mutter, während sie auf dem Bett saß und Sockenpaare zusammen steckte.

„Hm", machte Rosina. Und: „Ach so."

Aus der Hörmuschel drang die Stimme der Mutter mit unverminderter Intensität hervor, sie merkte nicht, dass Rosina ihre Worte ungehört verwarf.

„Hm."

Im Telefon prasselte ein Schnaufen - die Mutter rüstete zum

finalen Angriff.

„Du, ich muss Schluss machen. Zeit fürs Abendessen", sagte Rosina und legte auf, ohne eine Antwort abzuwarten.

Unhöflich, dachte Rosina. Aber sie hatte kein schlechtes Gewissen.

Sie räumte die frisch vermählten Socken in den Schrank und ging in die Küche hinüber, um das Essen vorzubereiten. Veit kam zwar erst in einer Stunde planmäßig von der Arbeit, aber wenn sie zum Kochen Musik hörte, ein paar Tanzschritte einlegte, brauchte sie für die simpelsten Dinge viel Zeit.

Sie summte vor sich hin, stieß die Küchentür auf und erschrak, als sie Veit entdeckte, der kopfüber im Kühlschrank steckte und Sachen auf die Arbeitsfläche lud. Was machte er so früh zuhause? Und was suchte er im Kühlschrank?

„Ich koche doch heute", sagte Rosina.

Pfannkuchen und Champignon-Sauce hatte sie geplant, extra dafür eingekauft. Ein frischer Topf Petersilie prangte auf dem Abtropfblech der Spüle neben dem sterbenden Oregano, dem Veteranen von Rosinas Lasagne-Schlacht.

„Du wurdest soeben abgelöst. Heute bekommst du eine super Pizza", sagte Veit.

Rosina runzelte die Stirn. Jetzt hatte sie sich auf Pfannkuchen gefreut, und Veit machte ohne zu fragen Pizza.

„Was ist? Freust du dich nicht, mich zu sehen?", fragte Veit.

Klar freute sie sich. Sogar über die Pizza, irgendwie. Die aß sie auch gerne. Und sie mochte es, wenn er für sie kochte oder wenn sie zusammen in der Küche hantierten. Aber -

„Doch", sagte sie. „Was kann ich machen?"

Veit drückte ihr einen Kuss auf die Wange und die Packung Champignons in die Hand. Die Champignons für Rosinas

Pfannkuchen-Sauce.

„Dünne Scheiben", sagte er.

„Dünne Scheiben, na klar."

War er schon immer so ein Kommandeur gewesen? Er hätte wenigstens vorher fragen können. Natürlich könnte sie ihm auch sagen, dass sie lieber eine Champignon-Sauce und Pfannkuchen machen wollte, weil sie richtig Lust darauf hatte. Aber es war lächerlich, wo sie doch nur ein paar Bissen aß, auf Pfannkuchen zu bestehen.

Rosina holte ein Messer und schnitt die Pilze in dünne Scheiben. Es war ja auch nett, dass er das Kochen übernahm.

„Ist was passiert? Du bist so still", sagte Veit.

„Alles bestens. Ich hab mit meiner Mutter telefoniert. Sie will vorbeikommen. Glaube ich."

„Verstehe. Da hätte ich auch schlechte Laune", sagte Veit.

Ne, das verstehst du nicht, dachte Rosina. Du weißt doch gar nicht, was nicht stimmt. Schon gar nicht mit mir und meiner Mutter. Sie schob die Champignon-Scheiben auf einen Teller.

„Sonst noch was?", fragte sie.

„Schinken", sagte Veit und wies mit dem Kinn zur Schinkenpackung. Er steckte fast bis zu den Ellenbogen in der Teigschüssel und knetete konzentriert die Pizzagrundlage.

Dass er so präsent war, merkwürdige Fragen stellte, das irritierte Rosina von Minute zu Minute mehr. Die Küche wurde mit jedem Atemzug enger, als saugte Veit alle Luft, den ganzen Raum in sich ein und ließ ihr nichts übrig. Dabei wollte sie doch, dass er Zeit mit ihr verbrachte.

Als die Pizza endlich im Ofen buk und Veit die mehlige Arbeitsfläche neben der Spüle abwischte, sagte er: „Warum hast du denn Petersilie gekauft? Die wird doch nur wieder schlecht. Den Thymian habe ich vorhin weggeschmissen."

Rosina zuckte die Schultern.

„Ich muss mal", sagte sie, ohne ihn anzuschauen, und stob ins Bad.

„Ich dumme Kuh hab mir so gewünscht, dass er hier ist, und was macht er? Er geht mir auf die Nerven", flüsterte sie mit hängendem Kopf in ihre Hände. „Was soll jetzt das? Das verstehe ich nicht."

Sie erinnerte sich, wie verlassen sie sich noch ein paar Tage zuvor gefühlt hatte, wenn er ihr den Kuss zum Abschied auf die Stirn drückte. Fast, wie wenn man die Stempelkarte in den Automaten schob. Damit waren die Pflichten abgehakt und das eigentliche Leben begann offiziell. Dass sie den Rest des Abends unbeirrbar ihre Freiheit genoss, hatte den Schmerz betäubt.

Rosina war so erleichtert gewesen, als sie den Wunsch bei Nivian losgeworden war. So leicht, als wäre sie nicht von dieser Welt. Nur ein paar Stunden später tauchte Veit früher auf als sonst. Er interessierte sich für sie, irgendwie jedenfalls. Mehr konnte man von einem so fremdartigen Wesen wie einem Mann nicht erwarten.

Ergo: alles perfekt.

Nur freute Rosina sich darüber nicht. Kein Bisschen. Sollte er doch gehen, wohin er wollte, wenn er sie nur herum scheuchte und ihr den Abend verdarb. Sie wusste, dass sie unfair zu ihm war. Aber er war auch unfair. Die Petersilie wird schlecht! So ein Ochse. Wahrscheinlich hatte er sogar noch Recht. Trotzdem.

Scheiß Ehe.

*

Ohne Rotwein und ohne Liebeszauber-Schlaftropfen verhielt sich Veit anschmiegsamer, als es Rosina recht war. Er umarmte sie, als sie zum Abräumen aufstand, schlang einen Arm um ihre Hüften, als sie die Teller stapelte und als sie sich mit dem Geschirrstapel in der Hand aus dem einen Arm heraus drehte, fing der andere sie ein. Er schaute ihr mit dieser furchtbaren Aufmerksamkeit ins Gesicht, strich ihr nicht vorhandene Haare von den Wangen und fragte tausend Sachen, die sich Rosina selbst nicht fragte.

Er trug ihr die riesige Pralinenschachtel zum Wohnzimmertisch, lüpfte für Rosina den Deckel, er lehnte sich scheinbar entspannt auf dem Sofa zurück, doch in seinen Augen lag, als er Rosina wie beiläufig beobachtete, dieses Glitzern.

Rosina war definitiv nicht in Stimmung und konnte sich auch nicht vorstellen, es jemals wieder zu sein. Tagelang machte der Mann sich dünne, hüllte sich in ein halbseidenes Geheimnis und dann, aus einer Laune heraus, rückte er ihr ungefragt den Abend über auf die Pelle. Tat, als wäre es alltäglich, nach dem Essen übereinander herzufallen.

Wenn sie heiß war, dann aus Wut.

Statt ihn anzubrüllen, ihn mit Pralinen zu bewerfen oder ihm einfach zu sagen, dass sie sauer war und in diesem Zustand ganz sicher keinen Sex haben würde - schon gar nicht mit ihm, schwieg sie. Ließ die Schokolade liegen. Starrte irgendwohin, wo niemand ihren Blick suchte.

Veit erzählte irgendetwas. Vermutlich aus der Firma. Wer weiß. Es passierte doch immer das Gleiche, zuzuhören rentierte sich schon lange nicht mehr.

Sie ärgerte sich. Über Veit. Und über ihren dämlichen Wunsch, ihn bei sich haben zu wollen, obwohl sie nichts mit ihm anzufangen wusste. Wahrscheinlich war es ihre Schuld. Ihre falsche Idee, ihn mit Zauberei an sich zu binden. Die Strafe folgte auf dem Fuß.

Rosina fühlte sich ungeheuer fehlerhaft. Viel zu dick. Ichbezogen. Kein Wunder, dass es für sie keine Erlösung gab.

Veit tat, als gähnte er, streckte die Arme aus und legte einen davon wie zufällig auf die Sofalehne hinter Rosina. Früher hatten sie über dieses Manöver zusammen gelacht, sie hatte sich geziert, er sich höflich entschuldigt und schließlich ließ sie sich von ihm einfangen und sank glücklich in seinen Arm. Früher. Heute nicht.

Sie richtete sich auf, nahm den Rücken von der Sofalehne, übersah den Arm. Stattdessen tat sie, als unterdrückte sie ein Gähnen.

Schlafen konnte sie nicht. Nicht in diesem wirren Zustand. Aber sie gähnte trotzig so oft weiter, bis der Reflex zum Selbstläufer wurde und ihr deswegen echte Tränen in die Augen stiegen. Sie streckte sich, räkelte sich, rieb sich fröstelnd die Arme, glaube schließlich selbst, dass sie vor Müdigkeit fror.

Veit brachte ihr eine Decke, strich ihr zärtlich über den Kopf, legte nun doch den Arm um sie, drängte sich an sie und atmete ihr stoßweise vors Gesicht. Er machte keine Anstalten, müde zu werden.

„Ich leg mich hin", sagte Rosina.

Sie befreite sich von Decke, Armen und was sonst noch auf ihr lag, tapste angestrengt ins Bad, putzte wutschäumend die

Zähne und zog sich im Bett die Decke bis unter die Nasenspitze, obwohl ihr darunter der Schweiß ausbrach.

Irgendwann hörte sie Wasser im Bad rauschen und Veits Gurgeln. Dann löschte er das Licht im Flur und schlich herein. Das Bett knarzte, als er sich auf die Kante setzte. Er zupfte an seiner Decke herum. Dann knarzte es wieder, als er sich hinlegte.

Er schnaufte, als wäre seine Nase verstopft. In ihre Richtung. Damit sie ihn die ganze Zeit schnaufen hören musste.

Rosina hatte ihre Serie verpasst, hatte Veit an der Backe - und ihre eigene miese Laune musste sie auch noch ertragen.

„Schläfst du schon?", flüsterte Veit.

Rosina schnaufte zu Antwort. Dann drehte sie sich weg und rollte sich ein.

Veit drehte sich noch einige Male, schnaufte ihr mal in den Nacken, mal von ihr weg. Dann schlief er endlich.

Rosina drehte sich auf den Rücken und starrte an die Decke. Etwas lief schief.

Früher hatten sie viel miteinander gelacht, es fand sich immer ein Grund. Früher genoss sie Veits Gegenwart, seine aufmerksamen Blicke, die bewiesen, dass sie in diesem Moment konkurrenzlos im Zentrum seines Interesses stand. Nicht einmal sich selbst schien er zu bemerken, wenn er ihr Gesicht studierte. Ihre Beziehung fußte auf dem ungezwungenen Umgang miteinander, darauf, dass sie sich nicht ernster nahmen, als es unbedingt nötig. Es hatte einmal geklappt. Auch als die Euphorie des Anfangs längst verflogen war, kamen sie noch gut miteinander aus. Es war angenehm, mit Veit zusammenzuleben.

Aber jetzt lief die Sache aus dem Ruder.

In der Stille der Nacht, als die wirbelnden Gedanken langsam zum Grund hinab sanken, wo sie als grauer Bodensatz nicht mehr klar zu unterscheiden waren, da begriff Rosina, was mit ihr los war: Sie empfand nichts mehr für Veit.

Liebe. Sie hatten einander gesagt, dass sie sich liebten. Aufrichtige Worte, die den direkten Weg von Herz zu Herz nahmen und mehr wogen als Vernunft und Fakten. Liebe einfach. Dazu stellte man keine Fragen, man erörterte sie nicht, an ihr zu zweifeln war unmöglich.

Ängstlich horchte Rosina auf ihr rumpelndes Herz. Sie lauschte in ihr Hirn, suchte nach Erinnerungen, nach glücklichen Bildern von Veit. Da war nichts. Gar nichts. Es hatte sich ausgeliebt.

Die Wut hatte sich aufgelöst, der Puls beruhigte sich. Aber schlafen konnte Rosina nicht.

Das Bett knarzte, als sie aufstand. Rosina schlich aus dem Zimmer, schloss die Tür hinter sich und knipste am Sofa nur die Leselampe an.

Sie fand das Telefon und wählte Violas Nummer.

„Hi Sinchen, hast du Schlafstörungen?", fragte ihre Stimme nach dem ersten Klingeln.

„Ja, verdammt."

Dann erzählte sie, wie der Abend verlaufen war. Viola hörte zu. Dann die Sache mit der seltsamen Fee. Viola lachte. Am Ende schwieg Viola lange, nur sanftes Rauschen rieselte aus dem Telefon.

„Viola?"

„Hm."

„Was soll ich machen?"

„Was würdest du mir raten, wenn ich dir sowas erzähle?"

Nun schwieg Rosina. So eine blöde Antwort hatte sie von Viola nicht erwartet.

„Rede endlich mit ihm, Sinchen! Das ist doch nicht so schwer - mach einfach mal den Mund auf. Du kannst doch sprechen, oder?"

„Mach dich nicht lustig!", rief Rosina.

„Ich würde mit ihm reden, bevor ich mich verhexen lasse. So schlimm ist das nicht. Mir erzählst du es doch auch."

„Du bist eine Frau. Da kann man offener sprechen. Veit -"

„Veit wird zumindest versuchen, dich zu verstehen. Ihm liegt doch was an dir. Und er ist ja nicht auf den Kopf gefallen, oder?"

„Wenn ich nur wüsste, was er treibt", murmelte Rosina.

„Frag ihn."

Rosina holte Luft.

„Also gut. Ich frage ihn", sagte sie.

Nach zwei Bechern kalter Milch fühlte sich Rosina ruhiger und ihr Magen rumorte. Sie putzte noch einmal Zähne, ging ins Schlafzimmer zurück. Veit lag am Rücken und schnarchte wie ein Höhlenbär.

Ihn fragen? Morgen. Vielleicht.

*

Die Tage vergingen. Rosina tat, als telefoniere sie mit ihrer Mutter, es juckte sie nicht. Veit war abends zu Hause, oder auch nicht. Rosina war es gleich. Sie arrangierte sich damit, ihn in der Nähe wissen, auch wenn es sich seltsam anfühlte. War er weg, vermisste sie ihn nicht. War er da, freute sie sich nicht.

Nach dem Essen warf sie sich aufs Sofa, schnappte die Fernbedienung und behielt sie in der Hand. Sie schaute ihren Mädelskram. Wenn Veit zuhause blieb, verzog er sich mit einem Buch ins Schlafzimmer. Manchmal wusste Rosina gar nicht, ob er gegangen war oder nebenan im Bett saß und schmökerte.

Sie hätte ein schlechtes Gewissen haben müssen. Sich schuldig fühlen. Nichts davon. Nur merkwürdig beklemmt war sie. Wenn er den Raum verließ, stieß sie die angehaltene Luft aus und sog gierig neue ein, bevor er zurückkam.

„Ich muss nochmal weg", sagte Veit eines Abends, als Rosina gerade ihre Nagellacksammlung auf dem Wohnzimmertisch ausbreitete.

„Ist gut", sagte Rosina, ohne aufzusehen.

Sie überlegte ernsthaft, ob Azurblau oder Türkis besser zu ihrem Hautton passte, hielt beide Fläschchen neben ihrem Arm ins Leselicht und verglich die optische Wirkung.

Endlich fiel die Wohnungstür zu und Rosinas Brust weitete sich. Sie atmete tief und viel und wollte gar nicht mehr aufhören Luft zu holen.

Sollte man sich trennen, wenn es so stand?

Dieser miese Gedanke drohte Rosinas Abend zu versauen. Besser, sie konzentrierte sich auf ihre Fingernägel. Welche Farbe sollte es nun sein? Azurblau oder Türkis?

Keins von beidem. Überhaupt machte keine der vielen Farben ihrer Sammlung sie an. Aber Rosina erinnerte sich an eine Nagellack-Werbung, die ihr gut gefallen hatte. Die musste sie in einer Zeitschrift entdeckt haben.

Allein der Gedanke, morgen in der Mittagspause etwas so unkompliziertes und attraktives wie einen Nagellack kaufen zu gehen, nahm ihr die Schwere.

Sie hüpfte ins Bad, wo auf dem Hocker der zerfledderte, von feuchten Badefingern wellige Zeitschriftenstapel lag. Den schleppte sie ins Wohnzimmer, breitete alle Ausgaben aus und überlegte, in welcher sie zuerst suchen sollte. Aber sie erinnerte sich nicht mehr, wann ihr die Anzeige aufgefallen war. Schließlich blieb ihr nichts übrig, als die Hefte nacheinander durchzusehen, wenn sie Hersteller und Farbnummer wiederfinden wollte.

Sie blätterte an tausend roten und lilafarbenen Überschriften vorbei, an glänzenden Bildern schöner Menschen und einer Menge Produkte, die allerhand versprachen. Kein Nagellack.

Da blieb ihr Blick an einer Überschrift hängen. Hatte sie den Artikel gelesen? Sie erinnerte sich nicht an den Titel, nicht an die Bilder. Sie musste ihn überblättert haben.

„Machen Sie ihn zu Ihrem Seelenverwandten", stand in pinken Lettern da.

Rosinas Herz stolperte aus dem Takt, die Luft wurde dünn. Mit fliegenden Augen las sie die schmal gesetzten Zeilen, spurtete von Spalte zu Spalte und wusste am Ende, dort wo das rote Viereck das Ende des Artikels markierte, dass sie genau DAS wollte.

Sich aufgehoben fühlen, sich verstanden fühlen. Das tiefe Gefühl der Einsamkeit, das sie ihr Leben lang mit sich herumtrug, nicht mehr spüren müssen. Mit jemandem so eng und so intim sein, dass alles andere Bedeutung verlor.

Rosina dachte an den Abend, als sie das Abitur feierten. Sie trug ein gelbes, fließendes Kleid, das sie möglichst nicht berührte, um mit den aufgerissenen Händen nicht daran hängen zu bleiben. Die Finger waren so steif unter der trockenen Haut, dass sie Rosina vorkamen wie Prothesen. In dem Kleid fühlte sie sich wie eine Qualle auf dem Mond.

Rosina war nicht nach Feiern. Sie stand die meiste Zeit allein in einer dämmrigen Nische. Veit drückte sich vermutlich am anderen Ende der Aula im Dunkeln herum.

Einige Jahre waren sie in dieselbe Klasse gegangen, hatten einander nie länger als eine Sekunde mit Blicken gestreift, nie miteinander gesprochen. Als sie zufällig zu zweit alleine am Buffet standen, taten sie so, als bemerkten sie einander nicht.

Veit überlud seinen Teller mit Nudelsalat und Krabbencocktail, Rosina fischte nach dem Stück Melone mit Schinken nur, weil es nett aussah. Appetit hatte sie nicht.

Dabei rutschte ihr die Gabel aus den unbeweglichen Fingern, dann ließ sie vor Schreck den Teller fallen. Er zersprang mit einem Knall auf dem Boden.

Hastig bückte sich Rosina, um die Scherben aufzulesen, bekam sie aber kaum richtig zu fassen. Ihr war zum Heulen. Plötzlich floss Blut.

Mit dem linken Zeigefinger fuhr Rosina die Narbe auf dem rechten Handteller nach. Sie war verblasst, aber im richtigen Licht sah man sie noch. Veit glaubte bis heute, sie hätte sich am Porzellan geschnitten, aber war die kaputte Haut, die unter der Bewegung gerissen war und brannte wie das Fegefeuer.

Über den Scherben sahen sie einander zum ersten Mal an. Veit bückte sich, half Rosina, aufzustehen.

„Erst verbinden wir dich. Um den Teller kümmere ich mich später", sagte er.

Sie betropfte das neue Kleid mit Blut, zog eine rote Tropfenspur hinter sich her, während sie ihm aus der Aula folgte.

Er fand den Verbandskasten, plapperte ununterbrochen, während er versuchte zu entscheiden, ob ein Pflaster reichte oder ob er eine Kompresse mit Mullbinden fixieren sollte.

Sie erinnerte sich nicht, vorher jemals seine Stimme gehört zu haben, jetzt hörte er gar nicht mehr auf zu reden. Obwohl sie sich erbärmlich fühlte, musste sie lachen.

Erst, als sie das Blut abgetupft hatte und um ein einfaches Pflaster bat, wurde er ruhiger. Konzentriert wie bei einer Operation am offenen Säuglingsherzen klebte er das Pflaster auf. Sie schämte sich wegen ihrer Hände, wegen der offenen Sprünge, die brannten, wenn sie die Hand zu weit öffnete, hoffte, er merkte nicht, woher die Wunde rührte.

Besser sie dachte selbst nicht daran. Stattdessen begutachtete sie das gelbe Kleid. Er folgte ihrem Blick.

„Siehst aus wie ein Zombie, der gerade gefrühstückt hat", sagte er.

Sie puffte ihm in die Seite, obwohl sie ihn am liebsten umarmt hätte.

„Und du bist blass, als wärst du grad aus der Gruft gestiegen", gab sie zurück. „Angst vor Blut, was?"

„So gewinnen wir die Ballkönigswahl jedenfalls nicht."

Im Sanitätszimmer, weit ab von der Party, lachten sie miteinander, als hätten sie sich ein Leben lang gekannt und immer vermisst, ohne es zu wissen. Die vielen, schmerzlichen Jahre, in denen sie beide sich wünschten, nicht allein zu sein und doch akzeptierten, dass es wohl ihr Schicksal war, unter Fremden auf diesem Planeten zu leben. Unter Leuten, die besser wussten, was sich gehörte, was man anzog, wie man andere für sich einnahm. An diesem Abend war nichts davon wichtig.

An den zerbrochenen Teller dachten sie nicht mehr.

Nach der Abschlussfeier strahlte Rosina monatelang übers ganze Gesicht, schwebte zwei Handbreit über dem Boden, lachte an jedem Tag mehr, als die ganzen 19 Jahre zuvor zusammen. Dass sie zueinander gehörten, sah jeder. Sogar Rosinas Mutter - wenn auch nicht gern.

Sie suchten eine gemeinsame Wohnung, richteten sich ein, stimmten ihre Gewohnheiten aufeinander ab. Und dann lebten sie zusammen, glücklich und zufrieden, bis Rosina merkte, dass sie unzufrieden war. Vielleicht, weil sie trotz aller alberner Gespräche mit dem Wichtigsten nicht herausgerückt war. Sie hätte etwas sagen sollen. Jetzt war es längst zu spät dafür.

Es lag an ihr. Sie erwartete zuviel. Vielleicht drängte auch das ewige Nörgel-Gen nach draußen, das Rosina hoffte, nicht von der Mutter geerbt zu haben.

Doch wie konnte das passieren, nachdem das Glück an der längst aufgelöst geglaubten Haltestelle doch Halt gemacht hatte, sie einsteigen ließ und zusammen ins Paradies kutschierte?

Rosina versuchte, den Moment dingfest zu machen, an dem sie aufgehört hatten, überhaupt miteinander zu reden. Wann sie aufgehört hatten, einander zu entdecken und mit ganzem Herzen füreinander da zu sein. Es musste eine Weile her sein, falls sie jemals halbwegs ehrlich zueinander gewesen waren.

Wohin war die Liebe entkommen, die Freude, ja selbst das Gefühl, jung zu sein?

„Machen Sie ihn zu Ihrem Seelenverwandten."

Die Tipps im rosa hinterlegten Kasten versprachen Wunder in drei einfachen Schritten.

Rosina wusste, so leicht wurde das nicht. Aber sie wollte wieder zu Veit gehören, den Zauber wieder spüren, der allein zwei Menschen zu einem Paar verschweißt. Sie wollte aus dem Gefühl der Einsamkeit fliehen, aus dem Wissen um die eigene Bedeutungslosigkeit.

Dass sie Veit nicht einmal mehr vermisste, machte ihr Angst. Was, wenn das auch mit Viola passierte?

*

Als Veit nachhause kam, mistete Rosina ihren Kleiderschrank aus.

„Was hast du vor?", fragte er.

Rosina sah flüchtig auf, bemerkte einen ernsten Zug in Veits Gesicht und wandte sich wieder den Klamotten zu.

„Ich wollte nur mal aufräumen", sagte sie.

„Aha."

Unschlüssig stand Veit im Türrahmen, hinter den sieben Bergen gewissermaßen, und besah mit dunklen Augen Rosinas leere Schrankhälfte.

„Ich dachte schon - egal. Ich geh duschen", sagte er.

Er sah müde aus. Rosina bemerkte es, wie sie bemerkte, dass der schwarze Pulli, den sie in der Hand hielt, unter den Armen durchgewetzt war. Sie sortierte weiter.

Irgendwann verschwand Veit aus ihrem Sichtfeld, später prasselte das Wasser im Bad.

Rosina arbeitete schnell: die Guten für den Kleiderschrank, die schlechten für die Altkleidertonne. Sie wusste, sie würde keine Entscheidung bereuen, die sie in dieser Nacht im manischen Arbeitseifer traf. Es tat gut, so zu wüten.

In ein Handtuch gewickelt kam Veit zurück. Er roch wunderbar frisch nach Männerduschgel. Wobei sie seinen natürlichen Geruch früher lieber schnupperte, als den Duft zivilisierter Frische.

Mit ihm reden, ja. Das musste sie. Irgendwie. Aber während sie ihn anschaute und dann wieder auf ihre Hände blickte, die eifrig weiter sortierten, tauchten keine Worte auf.

Das Hirn blieb stumm. Kein Hinweis darauf, wie sie ein Gespräch beginnen sollte. Oder was sie ihm sagen wollte - ganz zu schweigen von den richtigen Worten dafür. Ihr war, als wäre alles, was sie jemals zu ihm gesagt hatte, nicht echt gewesen. Nicht die Wahrheit. Alles nur ein Rollenspiel.

Veit stieg über einen der Berge und setzte sich aufs Bett.

„Nach was sortierst du?", fragte er.

„Behalten und weg."

Rosina wies auf die entsprechenden Haufen, die sich links und rechts von ihr türmten.

„Das alles soll weg, bist du sicher?"

„Warum soll ich nicht sicher sein?"

„Ich meine nur. Die Sachen sind doch noch gut."

„Sind es deine Sachen oder meine?"

Veit schwieg, Rosina sah nicht auf. Sie sortierte schneller, ein halber Blick und die Fetzen flogen in die jeweilige Richtung. Bald gab es nichts mehr zu sortieren.

„Meine Mutter will uns treffen, und Viola - aber das ist dir ja alles egal!"

„Du hast mir nichts davon erzählt."

„Wann denn? Du bist ständig weg und machst irgendwas Geheimnisvolles. Und jetzt darf ich nicht meinen Schrank ausmisten?"

„Ich hab dir doch gesagt -"
„Was?"
„Und du hast gesagt, es wäre in Ordnung. Tut mir leid, wenn ich dir geglaubt habe."

Fassungslos starrte Rosina ihn an. Sie verstand nicht, wie das alles zusammen hing. Aber sie fühlte sich, als hätte er sie mit einem Knüppel in die Enge getrieben, um auf die einzudreschen. Tränen drängten aus den Drüsen in Rosinas Augen, sie kniff sie wütend zurück, stand auf, holte aus und trat mehrmals gegen den Wegwerfhaufen, bis er sich über den Behaltenhaufen wälzte, und rannte ins Bad.

„Ich hab gesagt, es wäre in Ordnung? Was soll daran in Ordnung sein?", zischte sie, als die Tür hinter ihr verriegelt war. „Hier ist nichts in Ordnung. Was tun wir hier? Ich versteh`s nicht mehr."

„Rosina?"

„Geh doch. Lass mich in Ruhe", rief sie.

*

Im Morgengrauen kam sie auf dem Sofa zu sich, machte Katzenwäsche und floh aus der Wohnung, bevor Veit aus dem Schlafzimmer kam. Auf die U-Bahn wartete sie um diese Tageszeit fahrplanmäßig zwanzig Minuten - trotzdem kam Rosina als erste im Büro an.

Sie trat zögernd aus dem erleuchteten Aufzug in den schlafenden Flur, knipste abschnittsweise die Lichter an. In der Teeküche suchte sie ihre gelbe Smiley-Tasse vergeblich im Schrank, fand sie stattdessen noch kopfüber in der Spülmaschine. Rosina stellte die Tasse auf das Gitter des Kaffeevollautomaten, drückte auf den Cappuccino-Knopf und es passierte: nichts.

Endlich fand sie den Hauptschalter, die Maschine begann, wie ein Riesenrad zu blinken, und gab schauerliche Geräusche von sich. Rosina linste auf den Gang und hoffte, niemand erwischte sie dabei, wie sie den Stolz der Abteilung zerlegte. Die Kaffeemaschine röchelte endlos, Rosina schwitzte daneben.

Endlich gab das Ding Ruhe. Todesmutig drückte Rosina den Cappuccino-Knopf wieder und tatsächlich ließ das Gerät das gewünschte Getränk in die Tasse plätschern.

Nach dem Rattern und Plätschern hallte die Stille.

Rosina öffnete in ihrem Büro die Fensterflügel zu Straße, durch die tagsüber der Stadtlärm herein quoll. Jetzt war alles ruhig. Die Sonne spitzte über die Häuser, die blauen Schatten zogen sich zurück.

Rosina setzte sich, schaltete den Rechner an. Sie nippte am Cappuccino, blinzelte und gähnte. Die unbequeme Nacht rächte sich und das Koffein half nicht viel.

Mit trüben Augen sah sie die Aufgaben für den Tag durch, klickte im Terminkalender ziellos herum, las Textschnipsel und vergaß sie im selben Augenblick.

Reden. Nur wie? Und was?

Rosina war einfach nur müde.

Sie dachte an ihren Kleiderhaufen - den musste sie auch noch aufräumen. Allein die Vorstellung, etwas tun zu müssen, verursachte ihr noch mehr Erschöpfung. Doch dann kam ihr die kleine Holzkiste in den Sinn. Die lag verborgen unter der Unterwäsche, die sie nicht herausgezerrt hatte.

Sie besaß allerlei magischen Schnickschnack - aber nichts

richtiges, um die Beziehung mit Veit zu kitten. Dafür bräuchte sie eine von diesen Wunschkerzen. Oder das kleine Päckchen mit dem speziellen Zauber, der Einsame zueinander führt. Zumindest aber einen Rosenquarz für Herzensdinge statt des Bergkristalls, der in ihrem Kästchen lag.

Sie konnte all das immer noch bestellen, und zwar wirklich alles. Wer sagte denn, dass sie sich entscheiden musste? Noch war die Luft rein. Sie brauchte Nivian überhaupt nicht. In ein paar Tagen konnte sie ihr Päckchen aus der Packstation holen und loslegen. Wenn sie fest genug dran glaubte, dann funktionierte es bestimmt. Sie musste es nur versuchen.

Dann würde sie eines schönen Tages früher Feierabend machen, alles vorbereiten und zum magischen Rundumschlag gegen den Verfall der Liebe ausholen. Später würde Veit heimkommen, sie würde sich in seine Arme schmiegen und er würde sie halten. Sie würden sich küssen, erst zaghaft, dann mit aufwallender Leidenschaft, er würde sie ins Schlafzimmer tragen, wo er sie auszog sie und sie ihn.

Und dann würden sie Liebe machen, als wäre es ein Gebet, etwas Göttliches, Fleisch gewordener Zauber. Sie würden ihre Körper verbinden und ihre Herzen und wüssten fortan in jedem Augenblick, was der andere fühlte, was der dachte, was er brauchte. Und nie wieder ... - was für ein Quatsch.

Nein, das funktionierte nicht. Egal wie viele Methoden sie gleichzeitig zur Anwendung brachte und egal, wie sehr sie versuchte, daran zu glauben. Sie glaubte es nicht.

Alles sollte einfach wieder wie vorher sein. Zwar nicht perfekt, aber doch nicht so furchtbar, wie es jetzt stand. Aber das ging nicht, das wusste Rosina. Ihr würde nichts übrig bleiben, als Veit die Sache zu erklären.

Und eins war sicher: Sie musste sich von Nivian und sonstigem Hexenwerk fernhalten und im echten Leben eine Lösung finden. Viola hatte Recht behalten.

Die Zauberei hatte alles nur schlimmer gemacht.

*

Es wurde Mittag, Rosinas Hirn lief im Sparmodus und die Kollegen verließen nacheinander die Etage. Vielleicht hatte Rosina Hunger, aber genau wusste sie es nicht. Dort hinaus zu gehen, sich den vielen Leuten, dem ununterbrochenen Strom vorbeifahrender Autos, den ratternden Straßenbahnen auszusetzen, verlockte sie nicht. Sie fühlte sich dumpf.

Rosina schloss einen Moment die Augen, auf die Gefahr hin, dass sie im Sitzen einpennte. Vor den Lidern erschien etwas rundes, faustgroßes: ein Klumpen.

Nein, ein Krapfen! Ein schöner, frischer Krapfen mit Puderzucker bestäubt und einem Klecks Marmelade im Bauch.

Ein wenig Zucker, um die müden grauen Zellen zu motivieren, schadete sicher nicht. Für einen Krapfen hinunter zu huschen - oder für ein großes Stück Schokoladentorte, das erschien machbar. Sogar tröstlich. Rieten die Zeitschriften-Psychologen nicht immer dazu, gerade in schweren Zeiten gut für sich zu sorgen?

Rosina stand schon im Aufzug und fuhr dem Glück entgegen. Als sich die Kabine in der Passage öffnete, spähte Rosina in beide Richtungen. Niemand da.

Sie wandte sich zum hinteren Ausgang, den Blick auf die Bodenfliesen geheftet. Es kam ihr vor, als beobachtete sie sich selbst beim Gehen, als wäre sie gar nicht zuhause, sondern schwebte ein paar Zentimeter über ihrem Scheitel. Und das, nach nur einer halbwegs schlaflosen Nacht.

Sie wurde alt.

Vor ihr hörbar Schritte, dann sichtbar Füße, Hosenbeine, eine Präsenz.

Rosina wankte nach rechts, um Platz zu machen - die Beine versperrten den Weg. Sie wandte sich zur anderen Seite, die Beine spiegelten ihren Schritt.

Rosina schnaufte genervt, den Blick noch immer gesenkt und blieb stehen. Sollte der Depp doch um sie herum gehen.

Die Füße bewegten sich auf Rosina zu. Mit ihnen kam ein Gefühl von Enge.

„Warum hältst du dich fern?", fragte Nivians Stimme.

Rosina riss den Kopf hoch. Nivian, in Hosen statt im Rock. Über dem Hosenbund quoll ein Bäuchlein, das Rosina vorher entgangen sein musste.

„Ich muss arbeiten", sage Rosina, obwohl sie in der falschen Richtung dafür unterwegs war.

„Niemand sollte krank zur Arbeit gehen."

„Ich bin nicht krank."

„Komm mit, du wirst dich besser fühlen."

„Ganz sicher nicht!"

„Nur Mut, liebe Rosina. Nur ein Wunsch noch. Du trägst ihn unter dem Herzen, wie ein Kind, das endlich geboren werden will. Du kannst es nicht zurückhalten. Die Wehen kommen, sie tun, was getan werden muss. Stell dich der Natur nicht in den Weg. Lass zu, dass du dich leichter fühlst. Nur ein Wunsch noch, meine Liebe. Dann ist es geschafft."

Rosina wollte davon laufen, die Frau von sich stoßen, um Hilfe rufen. Doch Nivians Anwesenheit koppelte Rosinas

Willen ab. Sie war nicht mehr die Lokomotive ihres eigenen Zugs. Ihr Körper gehorchte ihr nicht.

Lauf weg, dachte Rosina - Rosina tappte Richtung Ladentür. Reiß dich los, dachte sie - Rosina blieb im Arm der Fee verhakt. Schrei um Hilfe, dachte sie - und ihr Mund sagte: „Ja."

Irgendwo musste ein Waschbecken sein, und Seife. Rosina verzehrte sich plötzlich danach, die Hände zu waschen. Immer weiter, so lange, bis der Sturm vorüber war.

Das Gefühl der Hilflosigkeit wegwaschen, das Gefühl benutzt zu werden. Wie damals -

Die Ladentüre öffnete sich. Nivian dirigierte Rosina hinein, ließ sie los, sperrte von innen zu.

Rosina schnappte nach Luft.

Die Auslagen. Ein Päckchen Räucherstäbchen kaufen, nett auf Wiedersehen sagen. Gehen. Nie wieder kommen. Wo waren die Räucherstäbchen - dort an der Wand im Regal. Rosina umrundete wie ein Schiff auf sturmgepeitschter See die Tischchen.

Räucherstäbchen. Veit würde schimpfen, er hasste das Zeug. Dort. Rosenduft. Zitternd griffen Rosinas Hände nach der flachen Pappschachtel. Sie hielt die Nase daran. Roch nichts. Die Luft wurde dünner, die Brust enger, die Arme schwer und unbeweglich.

„Lass nur, lass sie hier", sagte Nivian.

Sie nahm Rosinas nutzlosen Arm, nahm ihr die Packung aus der Hand und führte sie zum Samtvorhang. Täuschte sich Rosina, oder hatte die Fee mehr Substanz als früher? Noch immer war sie nicht ganz klar zu sehen, ihr Haar schwang immer noch ein wenig langsamer. Aber nicht mehr so sehr. Oder hatte sich Rosina inzwischen an den merkwürdigen

Anblick gewöhnt?

„Komm nur, komm, du wirst dich gleich besser fühlen."

Rosina gehorchte. Ihr wurde schlecht.

Der Stuhl unter ihr, fremd und fern, sie saß plötzlich darauf.

„Schließ die Augen und lege ihn mir auf den Tisch. Fühle ganz genau, meine Liebe, was ist dein Wunsch? Es ist dein Letzter. Fühle ganz genau."

Rosina überlegte - nichts kam heraus. Gar nichts. Sie fühlte keinen Klumpen im Bauch, nein - der ganze Bauch fühlte sich hart und fremd und störend an. Ein monströser Ballon, mit Beton ausgegossen. Nichts Lebendiges.

„Was wünschst du dir? So sehr, dass du es nicht zugeben magst?"

Rosina spürte einen Schauer durch den fremden Körper rieseln. Eine Zunge leckte über Lippen. Augen, weit geöffnet, sahen nichts.

„Schließ die Augen", sagte Nivian.

Auf Rosinas Hand landete die von Nivian.

Hintüber sank Rosinas Kopf, die Klapp-Augen klappten zu.

Ein Wunsch, so groß, dass sie ihn selbst nicht sehen mochte, nicht sehen konnte vielleicht, weil er größer war als sie selbst. Nicht mehr die leblose Hülle sein, nicht mehr belanglose Bälle werfen, nicht mehr stumpf die Dinge tun, die getan werden mussten. Dinge, die man eben machte, so wie man sie machte. Wie immer schon.

Nach Bedeutung sehnte sie sich, nach Tiefe. Nach echten Gefühlen statt leerer Worte. Ein schwerer Schmerz stach in der Brust, stach tiefer bei jedem Atemzug. Sie schluchzte.

Atmete, flach und hastig. Zu wenig Luft, der Schmerz, der Druck, das Betongefühl. Sie wollte Schreien, doch nicht einmal der Mund klappte auf.

Da endlich, endlich fühlte sie etwas. Ganz vage.

Viel länger musste sie es betrachten, hinstarren mit geschlossenen Augen, es sich formen lassen. Ja, sie erkannte die Umrisse deutlicher.

Rosina griff danach, nach dem einzig Festem, das ihr Halt bot. Das letzte Stück Treibholz auf offener See. Sie klammerte sich daran, befühlte es, versuchte, es herauszuheben. Es begrub sie unter sich, Wasser schlug über Rosina zusammen. Schwer, viel schwerer als alles zuvor wog der Klumpen. Rosinas Arme zitterten, wuchteten in einer letzten Anstrengung das Zentnergewicht an Land.

Wasser in den Ohren. Ein Pfropfen aus verirrten Tropfen, die verzerrten, was sie hörte. Diese Geräusche, Geräusche sich öffnender und schließender Lippen.

Oder tropfte Wasser?

Noch immer lag Nivians Hand auf Rosinas. Schwer und schwarz. Unangenehm.

Rosina versuchte, ihre Hand wegzuziehen. Sie rührte sich nicht, lag wie tot, obwohl Rosina sie spürte. Mit geschlossenen Augen rang sie nach Luft, den Kopf noch immer zu weit nach hinten gestreckt. Schlafen, hineinsinken in dieses Meer und endlich ganz ertrinken - nein: Aufwachen! Jetzt.

Nichts passierte.

„Braves Mädchen", sagte Nivian. „Endlich bist du deine Wünsche los. Sie werden dich nicht mehr belasten."

Sie tätschelte Rosinas Hand.

„Kehre zurück in dein Leben, Rosina. Befreit und leicht, wie du nun bist."

Die Hand flog davon, Rosinas Kopf schnellte vor, die Lider

klappten auf.

Rosina sprang vom Stuhl, knallte ihn an die Wand. Sie verfing sich im Samt. Stieß gegen ein Tischchen, warf es um. Tand krachte zu Boden. Ein Traumfänger im Gesicht, ein Windspiel, die rudernden Arme verheerten die Auslage. Die Tür, sie musste zur Tür.

Nivian stand schon dort, hielt sie ihr auf. Ein mildes, gemeines Lächeln im Gesicht.

„Leb wohl", flüsterte sie.

Rosina fiel hinaus. Die Beine, die Arme, nichts passte mehr zu ihr. Sie versuchte, mit der Fernsehfernbedienung ein Raumschiff zu steuern. Keines der Signale kam richtig an.

„Oh, Vorsicht", rief jemand, packte Rosinas Arm.

Verschwommen nahm sie das Gesicht ihres Chefs wahr. Er blickte ernst, runzelte die Stirn.

„Rosina, geht es dir nicht gut?"

„Geht schon wieder. Wenn ich mich setze -"

„Bist ganz blass. Geh besser nachhause und ruh dich aus."

„Muss mich nur setzen, kurz verschnaufen, das ist alles."

Er führte sie zum Fahrstuhl, von dort zu ihrem Platz.

„Sollen wir einen Arzt rufen?", fragte er.

Rosina schüttelte den Kopf. Ihr wurde schwindelig davon.

„Kann dich jemand abholen? Alleine gehst du besser nicht."

Rosina nickte.

Das Sitzen tat ihr wohl. Der Kaktus neben ihr auf dem Schreibtisch. Ihre Tasse mit dem Smiley drauf, das leise Surren des Rechners. Alles wie immer.

„Leb wohl", hatte Nivian gesagt.

Drei Wünsche. Drei Mal war sie dort, drei Mal dieses beängstigende Erlebnis. Das letzte Mal viel heftiger als zuvor. Wenn sich eine Geburt ebenso grässlich anfühlte, dann musste ihre Mutter sich die Enkelkinder stricken.

Der Chef kam wieder herein, sie hatte nicht bemerkt, dass er gegangen war.

„Hier, vielleicht hilft es dem Kreislauf", sagte er.

Eine Flasche zischte auf, schäumend ergoss sich schwarze Flüssigkeit in Rosinas Smiley-Tasse.

Rosina nahm sie, trank. Es prickelte im Mund, herrlich echt und deutlich. In kleinen Schlucken trank sie, die Tasse mit beiden Händen haltend wie ein Hamster sein Futter, den Körper klein darüber gerollt. Wie erbärmlich sie aussehen musste, wenn der Chef persönlich zum Päppeln blieb.

Er stellte die Cola-Flasche auf Rosinas Schreibtisch, tätschelte ihr den Rücken.

„Das hilft", sagte Rosina und richtete sich auf.

Der Chef bedachte sie mit einem ernsten Blick, dann kräuselte er die Lippen und nickte.

„Trotzdem. Besser du gehst für heute."

Mit einem raschen Handgriff rückte er die Krawatte zurecht und eilte davon. Er hatte Salat zwischen den Zähnen.

Rosina stieß Luft aus.

Sie hatte es tatsächlich geschafft.

Drei Wünsche abgeladen. Ein für alle Mal. Und wie sie es auch betrachtete: Ihre Mutter meckerte genauso weiter wie zuvor. Veit war anwesend oder auch nicht. Als hätte sie sich nie etwas gewünscht. So unheimlich sich der Hokuspokus auch anfühlte, so sehr er Rosina in Turbulenzen brachte - es passierte nichts. Eine bellende Fee, die nicht biss. Alles gar nicht schlimm.

Dämlich, überhaupt zu glauben, es gäbe Feen, die Wünsche

erfüllten. Im Grunde hatte sie es nie geglaubt. Es war nur, na ja, es wäre eben einfach gewesen.

Rosina lachte leise, stellte den Smiley auf den Tisch und stand auf. Sie öffnete das Fenster, ließ sich die warme Luft um die Nase wehen und betrachtete von oben all die Menschen und Fahrzeuge, die ihm wohldirigierten Chaos durch die Stadt strömten.

Alles gut. Alles ausgestanden.

Mit dieser Geschichte konnte sie eines schönen Tages ihre Enkel beeindrucken. Oder Violas Enkel, das ging auch.

*

„Wo ist Veit?", fragte Viola in der offenen Tür.
„Kann nicht. Darf ich trotzdem rein?", fragte Rosina.
„Ausnahmsweise."

Viola gab den Weg frei, Rosina drückte sich an ihr vorbei in die Wohnung. Viola war ihre beste und einzige Freundin, das wusste sie. Aber wie viel verband sie wirklich? Sie hatten keine Gemeinsamkeiten, außer ihrer Körperform und den Berufsschuljahren. In Rosinas Kopf stahl sich die Gewissheit, sie würden einander nicht vermissen, wenn eine von ihnen ans andere Landesende zog. Rosina fühlte es nicht, aber sie sah ihre Einsamkeit.

Barbara und Kevin saßen auf dem roten Ledersofa, beide das rechte Bein über das linke geschlagen und den Kopf im gemeinsamen Winkel schräg gelegt.

Rosina begrüßte beide mit einer linkischen Umarmung und Luftküssen, wunderte sich darüber, wie schlank Barbara geworden war - genau wie ihr Macker. Ein dünner Ring mit funkelndem Stein prangte an der Hand, die sie mit Bedacht stets über der unberingten platzierte.

Rosina fragte artig nach dem Glitzerding und erfuhr alle Einzelheiten zum Antrag - eher einfallslos beim Italiener - und zur geplanten Traumhochzeit - für die es noch keinen Plan gab.

Lächelnd und nickend verfolgte sie die Ausführungen und behielt für sich, dass sie an das Glück nicht mehr glaubte.

Vor drei Jahren hatte sie genauso hirnlose Dinge gefaselt und treudoof dazu gegrinst.

Dann kamen Simone und Jörg dazu, noch mehr Luftbussis huschten um rosige Wangen und bald saßen sie zusammen an Violas ausziehbaren Esstisch. Viola schenkte Wein ein, wie es sich für die Gastgeberin gehörte, ihr Sven trug inzwischen Quiche und Salat, Baguette, noch mehr Salat und eine Käseplatte herein.

Ihre Freundinnen aus der Berufsschulklasse klebten am Tisch an ihren Anhängseln. Nur Rosina saß allein.

Barbara und Kevin erzählten ihre Verlobungsgeschichte nochmal, die Augen noch glänzender als zuvor, fielen einander ständig ins Wort - obwohl sie wortwörtlich dasselbe sagen wollten.

Simone und Jörg streichelten sich unentwegt mit Blicken, und wenn Weintrinken und Essen es zuließen, kamen die Hände ins Spiel. Lächelnd legte Simone den Kopf an Jörgs Schulter und es fehlte nicht viel, dass sie zu schnurren begann und sich leidenschaftlich an ihm rieb.

Sven und Viola präsentierten sich eingespielt und harmonisch. Ein funktionierendes Räderwerk. Sie schenkte den letzten Schluck Wein in Jörgs Glas, Sven reichte ihr schon die nächste Flasche. Sven schichtete sich Salat auf den Teller, sah gerade auf, vielleicht um Brot zu suchen, als Viola ihm den Korb schon lächelnd bot.

Sie plapperten, lachten und je öfter Sven Viola eine neue Weinflasche reichte, deren Inhalt sie großzügig in die erst halb leeren Gläser verteilte, desto alberner wurden alle.

„Kommt der Veit nicht?", fragte Simone, als sie einen Augenblick von Jörg lassen konnte.

„Nö, viel zu tun."

„Das ist ja mies!", rief Barbara. „Wenn Kevin mich allein zu einem Pärchenabend schicken würde, könnte er den Verlobungsring zurückhaben."

Kevin machte ein erschrockenes Gesicht, Simone verschluckte sich vor Lachen und Jörg klopfte ihr doppelt so lange als nötig auf den Rücken, während die freie Hand auf ihrem Schenkel spazieren ging.

„Halb so wild. Wir sind auch lebensfähig, wenn wir nicht ständig aneinanderkleben", sagte Rosina.

Viola musterte Rosina einen Augenblick, bis Sven sich suchend umschaute und Viola ihm eine frische Serviette reichte. Woher auch immer sie wusste, was er brauchte - oder entschied Sven selbst erst, wonach ihm der Sinn stand, wenn Viola ihm etwas halbwegs passendes unter die Nase hielt.

Ja, es stimmte. Weder Veit noch Rosina gerieten ins Trudeln, wenn der andere ihn nicht mit Aufmerksamkeit überhäufte. Es fühlte sich richtig gut an, nur für sich selbst fröhlich und angeschwipst zu sein. Unabhängig von der Gemütslage des anderen. Bleiben zu können, solange sie wollte, zu sagen, was ihr einfiel, ohne dabei an Veit zu denken.

Sie konnte sogar anziehen, was sie wollte. Nicht wie die

Turbo-Pärchen, die einander mit der Inszenierung ihres Zusammenseins in den Schatten zu stellen versuchten.

Viola und Sven hatten ihr Oberteil im Partnerlook gewählt. Sie trug ein hellblau geblümtes Shirt, er ein hellblaues Hemd, die Farbe sorgsam auf ihre Blüten abgestimmt.

Simone und Jörg waren legerer unterwegs, beide im schwarzen Top beziehungsweise T-Shirt, dazu neudunkle Bluejeans. Rosina erwog, einen Blick unter den Tisch zu riskieren, um zu sehen, ob sie die gleichen Socken trugen. Sie ließ es bleiben. So betrunken war sie dann doch nicht.

Barbara und Kevin hatten ihre Outfits subtiler angepasst. Sie trug die Haarspange im selben Gelb wie er sein Hemd. Ihre türkise Bluse spiegelte sich in seinem Gürtel, der aufblitzte, als er zur Toilette ging. Da waren Profis am Werk. Rosina war jedenfalls sicher, dass er diesen Gürtel nicht trug, wenn er seiner Arbeit im Einwohnermeldeamt nachging. Den verdankte er Barbaras Gespür für öffentliche Auftritte.

Rosina fragte sich, wie sie und Veit ausgesehen hätten. Wenn es Übereinstimmungen gab, dann rein zufällig.

Weit nach Mitternacht begann Barbara zu gähnen und hörte nicht mehr damit auf, bis Kevin mit einstieg und sie im Kanon gähnten. Nach und nach verebbten die Gespräche, die Lacher wurden dumpfer, die Augen sanken ein.

Rosina beobachtete das Spektakel und suchte nach ihrer eigenen Müdigkeit. Nichts. Sie hätte sie die ganze Nacht dasitzen, trinken, essen und sich unterhalten können. Trotzdem ging sie, als alle gingen.

„Willst du kein Taxi nehmen, so allein?", fragte Viola, als sie sich zum Abschied umarmten.

„Bin doch keine 12 mehr", sagte Rosina, löste sich und

trabte winkend die Treppe hinab.

Unten standen die vier anderen zusammen. Zwei Zweierpacks, die Rosina musterten wie eine, die nicht mehr lang zu leben hatte.

„Dann bis bald, macht es gut!", rief Rosina und drehte sich, um zur U-Bahn zu gehen.

„Sollen wir nicht zusammen? - In welche Richtung musst du?", fragte Barbara.

Rosina musste als einzige in östlicher Richtung.

„Wir können doch noch kurz mit", sagte Simone. Ihr Jörg rollte mit den Augen. „Weil sie doch alleine ist."

Auf dem kurzen Weg zur U-Bahn-Station fragten sie Rosina reihum und jeder mehrmals, ob sie nicht vielleicht doch zusammen - am Ende stieg Rosina alleine in ihre Bahn.

Die Zweierpacks drückten sich auf dem Bahnsteig herum und winkten, als führe Rosina zum Himmelfahrtskommando.

Sie atmete auf, als sie auf den Sitz sank. Ihr war es lieber, wenn niemand sie bevormundete, sich keiner in ihre Entscheidungen einmischte. Einfach nachts alleine in eine U-Bahn steigen - für diese Pärchenhälften streng verboten.

Auch wenn sie es Liebe nannten, sie knechteten einander schonungslos. Sie mussten sich gegenseitig bestätigen, aufeinander aufpassen und vor der Konkurrenz bewachen. Sie sorgten dafür, dass der andere sich alleine so hilflos fühlte, dass er bloß nicht erwog, eigene Wege zu gehen.

Rosina hatte sich einen Seelenverwandten gewünscht? Jemanden, mit dem sie alles teilte, der ihre Gedanken las und sie die seinen? Sie lachte laut, ohne sich darum zu kümmern, dass sie allein war. Oh Mann, hatte sie einen sitzen.

Einen Seelenverwandten zu haben musste verdammt

anstrengend sein. Mit Intimsphäre und gemeinen Gedanken war es dann vorbei. Und mit Geheimnissen. Außerdem musste man ständig Angst umeinander haben. Das war doch kein Leben.

*

Den Sonntag verbrachte Rosina im Bett.

Mit einem so dicken Brummschädel und einem so flauen Gefühl im Magen hatte sie nicht gerechnet. Der letzte Rausch war einfach schon zu lange her. Wie viel sie am Abend getrunken hatte, wusste sie nicht mehr. Ein oder zwei Gläser zu viel jedenfalls.

Veit tauchte lautlos auf, platzierte ein Glas Wasser und eine Aspirin-Brausetablette auf den Nachttisch. Rosina stellte sich schlafend.

Als sie durch die Spähschlitze ihrer Lider sah, wie die Tür hinter ihm zuging, setze sie sich auf, warf Aspirin ins Wasser und beobachtete es beim Sprudeln. Sie trank. Dann tauchte sie wieder unter die Decke.

Dunkel kam die Erinnerung an den jungen Mann zurück, der sie nach ihrem einsamen Lachanfall in der U-Bahn angesprochen hatte. Sie gab ihm einen Korb. Irgendwas mit: „Vergiss es, ich bin verheiratet. Obwohl ich mir da nicht so so sicher bin."

Gleich darauf hatte die U-Bahn gehalten, Rosina hatte im letzten Moment kapiert, dass sie aussteigen musste, und schlingerte hinaus auf den Bahnsteig. Peinlich, peinlich. Bestimmt hatte sie furchtbar gelallt und verquollen ausgesehen. Gut, dass Veit nicht dabei war.

*

Montags ging sie ihrer Arbeit nach. Alles wie immer.

Der Chef fragte, ob es ihr wieder gut ging. Das tat es. Selten ging es ihr besser. Selbst wenn sie sich anstrengte, fand sie nichts, worüber sie sich ärgern konnte.

Mittags wollte sie durch die Fußgängerzone bummeln, sich nach neuen Klamotten für den halb verwaisten Schrank umsehen. Der Smiley lächelte sie an, Rosina lächelte zurück, zwinkerte und wandte sich wieder dem Bildschirm zu.

Das Handy vibrierte.

Beiläufig nahm Rosina es zur Hand, tippte die eingegangene Nachricht an. Von Veit.

„Lass uns heute Mittag treffen, ich hole dich um 12 ab", schrieb er.

Rosina las die Zeichen. Dann nochmal. Wie kam jetzt das? Und: Sie wollte shoppen gehen.

Während sie einige Briefe aus Standard-Bausteinen zusammenfügte und ausdruckte, überlegte sie, ob sie Veit treffen wollte oder nicht. Dass sie sich mittags trafen, war schon lange nicht mehr vorgekommen. Das hatten sie gemacht, als sie noch frisch verliebt waren. Überhaupt ließen sie sich kaum noch gemeinsam in der Öffentlichkeit blicken. Als gehörten sie nur auf dem Papier ihrer Eheurkunde zusammen, die in irgendeinem Ordner steckte.

Früher machten sie miteinander manchmal das Nachtleben unsicher oder schlenderten kichernd Hand in Hand durch Ausstellungen moderner Kunst, von der sie beide nichts verstanden. Unter den strafenden Blicken der ernsthaften

Besucher drückten sie einander fester die Hände, sahen sich an - und kicherten weiter.

Wie Kinder. Nur besser, weil sie ohne tadelnde Eltern herumstromerten und die Welt entdeckten.

Sie teilten ein Leben voller Albernheiten und spontaner Entschlüsse. Sie stachelten sich gegenseitig an, im Januar nackt in die Isar zu steigen, und waren blau gefroren, bevor sie überhaupt einen Zeh ins Wasser steckten. Die Hundeherrchen gafften, schüttelten die Köpfe. Rosina und Veit lachten, spritzten sich gegenseitig nass, kreischten, hüpften in die Klamotten zurück. Zuhause beeilten sie sich, unter die heiße Dusche zu kommen. Natürlich zu zweit. Das war Leben. Auch wenn Rosina die Vergangenheit für sich behielt.

Sich mit Veit treffen. Etwas Besseres konnte sich Rosina früher nicht vorstellen. Und jetzt? - sie hatte keine Lust.

„Keine Zeit heute", schrieb sie zurück. Das klang kurzangebunden genug, dass er es als Stressfolge interpretieren konnte.

Eine Sekunde später vibrierte das Handy rhythmisch. Ein Anruf. Von Veit. Sie zögerte.

„Hi", sagte Rosina.

„Du, ich wollte - ich hab mir extra frei genommen. Weil."

„Hättest vorher was sagen sollen."

„Hast du nicht wenigstens ein paar Minuten?"

„Muss eine Kollegin vertreten, hier ist viel los."

„Dann morgen?"

„Die ganze Woche ist schlecht."

„Verstehe."

Rosina schwieg. Durchs Telefon hörte sie seinen Atem, sie wusste, wie es ihm ging. Sie suchte in ihrer Brust nach einem

Gefühl von Schuld oder Mitleid. Nichts. Keine Resonanz. Nur ein leeres Hallen.

„Bis dann", sagte Veit und legte auf.

Es klang nach „Nimmerwiedersehen." Ein bitteres „bis dann."

Rosina starrte auf das Handy. Ein Teil ihres Gehirns wusste haargenau, was geschah, registrierte, wie Rosina selbst etwas Kostbares unwiederbringlich zerstörte, indem sie sich grobfahrlässig daneben benahm.

Aber sie fühlte nichts dabei. Gar nichts.

*

Als sie sich zu Hause in die Wohnung schlich, war Veit nicht da.

Heimlich atmete Rosina auf. Sie wollte mit ihm reden, das wusste sie noch. Aber sie erinnerte sich nur noch vage, worüber überhaupt. Und dass es wichtig gewesen war, konnte sie sich nicht vorstellen. Ach egal, sie zog die Arbeitsbluse aus, schlüpfte in ein bequemes Shirt und stemmte die Arme in die Hüften. Sie hatte sturmfrei und mehr Energie denn je.

Auf ins Wohnzimmer.

In der Schrankwand standen alte Fotos, lag Zeug herum, das niemand in den letzten Jahren eines Blickes gewürdigt hatte. Bildbände standen auf den Regalen, die weder sie noch Veit jemals zur Hand nahmen. In der Glasvitrine das Porzellan und die Kristallvasen, die ihr irgendwelche Tanten geschenkt hatten. Rosina konnte die Dinger nie leiden. Trotzdem hatte sie brav Danke gesagt und sie in die Glasvitrine gestellt, weil sie nichts Besseres hineinzustellen hatte.

Rosina trabte in den Keller, holte Kartons, die vom Umzug übrig waren, und räumte die Bude aus. In eine Kiste kamen die Sachen, die sie Viola für ihre Flohmarkt-Aktionen geben konnte. In die andere das, was sie nur wegräumen wollte.

Sie drehte das Radio lauter und wiegte sich im Takt, während sie ausräumte, Regale abstaubte und sich über den gewonnenen Freiraum freute. So viel Luft auf einmal im Raum, so viel Platz, sich zu bewegen, Platz der regelrecht danach rief, mit Leben gefüllt zu werden. Ohne den Plunder, für den sie ungewollt verantwortlich war, fühlte sie sich, als fielen die Jahre gleich im Dutzend von ihr ab.

Veit kam nicht nachhause.

Zumindest nicht, so lange Rosina noch volle Kisten mit dem Aufzug in den feuchten Keller schaffte, weil sie den Schlüssel zum Dachboden nicht fand, nach getaner Arbeit duschte und dann schlafen ging. Sie dachte nicht über ihn nach. Auch nicht darüber, wie er ihre Hauruck-Aktion finden würde.

*

Beim Aufwachen war Veit noch immer nicht da. Das Kopfkissen: prall und glatt. Die Decke noch zusammengefaltet.

Eigentlich hätte Rosina sich Sorgen machen sollen, sich fragen sollen, ob er nicht schon ausgezogen war, sie verlassen hatte, ohne dass sie es mitbekam. Vielleicht wollte er ihr das gestern in der Mittagspause sagen und sie hatte keinen Bock, ihm eine Audienz zu gewähren. Gab es solche Geschichten im echten Leben?

Vielleicht ging es ihm mir ihr genauso wie ihr mit ihm. Ihre Leben überschnitten sich nur noch räumlich. Männer sagten sowas ja nicht, aber womöglich war auch er einsam in ihrer Gegenwart. Vielleicht war alles so, weil sie Veit anödete.

Egal. Rosina würde sich frisch machen, ein schönes Müsli auf dem Sofa vernaschen und ohne lästige Konversation in den Tag starten. Sie gähnte, streckte sich von den Fingerspitzen bis in die Zehengelenke, rollte sich aus dem Bett und schlurfte summend ins Bad.

Ein zufriedenes Gesicht blickte ihr aus dem Spiegel entgegen. Etwas blass, aber recht hübsch. Entspannter als sonst. Rosina schenkte sich ein Lächeln, wusch sich, putzte Zähne, lauschte der Musik in ihrem Kopf, drehte sich, versuchte, im Takt zu gurgeln, verschluckte sich und spülte den Mund. Singend öffnete sie die Badtür, tanzte über den Flur, sprang mit einer Drehung in die Küche, schüttelte jauchzend die Mähne zum imaginären Gitarrenriff.

„Hi", sagte Veit.

Rosina schluckte die letzte halbe Liedzeile und blieb stehen.

„Hi", sagte sie.

Frühstück, richtig. Veit lehnte am Schrank mit den Frühstücksflocken und machte keine Anstalten, den Weg freizugeben, als Rosina, den Arm zum Öffnen des Türchens ausgestreckt, darauf zuging.

„Was ist im Wohnzimmer passiert?", fragte er.

„Wieso?"

„Es ist alles weg."

„Ach, das! Ich hab nur aufgeräumt. War dringend nötig."

„Unser Hochzeitsbild!", rief Veit.

Sein Gesicht so ernst, die Augen dunkel, als wäre jemand gestorben. Vielleicht er selbst. Er sah blass aus.

„Im Keller", sagte Rosina. „Es war doch ganz staubig."

Sagte sie das gerade wirklich?

„Warum packst du unser Hochzeitsbild in den Keller?", fragte Veit. "Spinnst du jetzt komplett? Oder willst du mir damit irgendetwas sagen? Raus damit!"

„So toll ist es nicht."

„Es ist unser Hochzeitsbild."

„Meine Güte, krieg dich ein. Ich stelle es wieder hin. Kann ich jetzt mal frühstücken?"

In Veits Augen funkelte es dunkel, doch er ließ sie zum Schrank. Wortlos ging er aus der Küche, aus der Wohnung. Die Tür donnerte hinter ihm zu.

*

Rosina setzte sich auf das Sofa, summte und futterte dazu zwei Schalen Erdbeermüsli ohne Rosinen.

Sogar während der Arbeit summte sie, von kurzen Gesprächen mit dem Chef und Kollegen unterbrochen und vom Klingeln des Telefons. Wie leicht die Arbeit lief, wenn sie nebenbei für andere unhörbare Musik hörte, sich davon tragen ließ, ohne an all die lästigen Langweilerdinge zu denken, die sie sonst immer blockierten. Was war das doch gleich? Egal.

Zuhause stellte sie fest, dass Veit schon da war. Ruhige Musik perlte aus der Stereoanlage - nicht Rosinas Geschmack. Durch die angelehnte Küchentür hörte sie Veit hantieren. Auf dem Esstisch im Wohnzimmer blühte ein opulenter Strauß aus Iris, Gerbera und Rosen. Der größte Strauß, dem Rosina jemals begegnet war. Das satte Lilablau der Iris, das Pink der Gerbera und die orangefarbenen Rosen dazu: ein

Feuerwerk für die Augen.

Darunter das wie neu glänzende, gerahmte Hochzeitsbild.

„Hi", sagte Veit hinter ihr.

Er trocknete sich die Hände am Geschirrtuch ab. Sein Gesicht wirkte seltsam glatt.

„Hi", sagte Rosina.

Sie drehte sich zu den Blumen, dann wieder zu Veit.

„Woher sind die Blumen?", fragte sie.

Veit murmelte etwas von einem Blumenladen.

„Sind schön", sagte Rosina.

„Ja."

Er sah in Rosinas Gesicht, auf den Strauß, auf seine Zehen. Dann machte er abrupt kehrt und stapfte in die Küche.

Rosina horchte in sich hinein. Veit war hier. Er gab sich offensichtlich Mühe, obwohl er sauer auf sie war. Aber all das löste weniger in ihr aus, als wenn sie Werbung für alkoholfreies Bier sah.

Sie sollte sich freuen, mit ihm sprechen, Danke sagen, zumindest lächeln. Ihre Mundwinkel zuckten nicht. Rosina leckte sich über die Lippen, um sicherzugehen, dass ihr Mund nicht abgefallen war. Alles noch dran.

Lippen, ja. Sie hätte ihn küssen können.

Ein seltsamer Gedanke - ihre Lippen auf seine zu legen und dann vielleicht noch mit der Zungenspitze sachte auf die Suche nacheinander zu gehen?

Rosina überlegte, wozu diese Küsserei nützen sollte. Ein triftiger Grund, es zu tun, fiel ihr nicht ein. Nüchtern betrachtet handelte es sich dabei um einen äußerst unappetitlichen Ritus. Während sie darüber nachdachte, wurde ihr schlecht.

Nein, die Mundwinkel wollten nicht lächeln, die Zunge kein

Danke formen und die Vorstellung von mündlichem Vollkontakt verursachte ihr Übelkeit. Dafür konnte Veit nichts. Sie sollte zumindest Interesse zeigen, auch wenn sie sonst nichts zustande bekam.

Rosina tappte in die Küche.

„Was kochst du?", fragte sie.

„Asiatisch."

Er sah nicht auf. Die Wangenmuskeln wirkten hart, die Lippen im Halbprofil schmal.

Rosina sah frischen Koriander - er kaufte also auch Kräutertöpfchen, diverse Saucen-Fläschchen, Okra-Schoten und sonstiges Gemüse aufgetürmt. Veit mischte gerade Sojasprossen und gehobelte Karotten in einer Schüssel.

Daneben lag ein leuchtend grünes, mit chinesischen Schriftzeichen bedrucktes Päckchen.

„Was ist denn das?", fragte sie.

Veit sah kurz zu dem Päckchen, dann richtete er seine Aufmerksamkeit wieder auf die Gemüseschüssel.

„Frühlingsrollenteig."

„Du füllst die selber?", fragte Rosina.

„Hm."

„Wie lange bist du schon hier?"

„Ne ganze Weile."

Veit drehte ihr den Rücken zu. Die Arme sackten ihm herunter, die Schultern, der Kopf. Er rang die Hände, an denen noch Karottenstückchen klebten, drehte sich zu ihr, dann wieder weg.

Schweigend beobachtete Rosina.

Er atmete ein, zupfte das Gemüse von sich, drehte sich um, hob die Hände, als wollte er sie ihr auf die Schultern legen oder sonst etwas damit tun - und ließ sie doch sinken.

„Wenn ich gewusst hätte, dass es für dich so ein Problem ist, ich meine. Dann, dann - Ich hätte es auch anders hingekriegt", sagte er.

Rosina schwieg.

„Aber dass du mich nicht mehr anschaust, dass du tust, als wäre ich nur noch zufällig hier, das ist doch nicht in Ordnung. Was ist los, Rosina, warum bist du neuerdings anders?"

Rosinas Kopf lief auf Hochtouren. Sie brauchte eine gute Antwort, damit er sich beruhigte, damit er aufhörte solche Endzeitstimmung zu verbreiten. Sie überlegte, ob sie ihn - in den Arm nehmen sollte. Näher zu ihm gehen zumindest. Ihr Kopf wusste keine Antwort und ihr Herz war verstummt.

Aber dass er sie anblökte, ging ihr gegen den Strich.

„Ach, du kultivierst deine Geheimnisse und bist bockig, wenn ich meine habe?", rief sie.

„Ich will nicht wie Luft behandelt werden - sonst kann ich gleich meine Sachen packen und gehen."

„Dann geh doch zu deinem Flittchen und versau mir nicht mein Leben!"

Veit wandte sich ab. Rosina sah, wie er um Fassung rang, mit Gewalt die Mimik unter Kontrolle zu bekommen suchte.

„Was ist, dachtest du, ich bin so doof und merk das nicht?", fragte Rosina.

Veit gab ein Geräusch von sich, irgendwo zwischen Lachen, Weinen und Schluckauf. Als er sich zu Rosina umdrehte, hatte er rote Augenlider. Er lehnte sich an die Arbeitsfläche.

„Ich hab gemalt", sagte er tonlos.

„Was?"

„Das wollte ich schon immer, seit ich denken kann."

„Darum machst du so ein Geheimnis? Soll ich das glauben?", rief Rosina, dann lachte sie bitter.

„Es war mir so peinlich, deshalb."

Er blinzelte angestrengt, sein Adamsapfel hüpfte.

„Vor mir?", lachte Rosina.

„Vor mir selbst."

Rosina lehnte sich auf der anderen Seite des Ofens an die Arbeitsfläche.

„Mir hättest du es doch sagen können."

„Ich wollte dich überraschen. Und - ich hatte Angst, dass ich es nicht kann. Weißt du, wenn man so lange nur davon träumt, dann, dann wird die Angst immer größer. Ich wollte das schon immer, aber dann bin ich Fachinformatiker geworden, weil man ja irgendwie leben muss und außerdem - wie soll man sowas sagen?"

„Hm", machte Rosina.

In einem entfernten Winkel ihrer Brust kam ihr dieses Gefühl bekannt vor. Hatte sie nicht auch einmal etwas gewollt und sich nie getraut, weil es lächerlich war? Wollte sie nicht auch vieles sagen und wusste nie, wie?

„Ich zeige dir, was ich gemalt habe. Aber -", er schluckte. „Ich hab nur ein bisschen probiert. Ich kanns ja gar nicht richtig, es ist nur ... "

Sein Lächeln verunglückte, er schaute zu Boden.

„Klar", sagte Rosina.

Eine angemessene Antwort, gut. Zweckmäßiger, als die wüsten Worte vorher. Sie stieß sich von der Kante ab. Veits Stimmung nervte sie, er verlangte von ihr Hirnakrobatik, statt sie den Feierabend in Ruhe genießen zu lassen.

Ob sie ihm glaubte, wusste sie nicht. Und sie hatte auch

keinen Bock, darüber nachzudenken.

Rosina ging ins Wohnzimmer, raus aus der Küche, weg von diesem Mann, der seltsame Dinge von ihr wollte. Als ob er der Einzige wäre, der einem komischen Hobby nachging. Dass er darum so ein Drama machen musste?

Vage kroch in Rosina die Angst hoch, dass etwas Grundlegendes nicht stimmte. Nicht mit der Ehe, nicht mit Veit - und am wenigsten mit ihr. Vielleicht war immer schon Rosina das Problem gewesen und sie litt unter einer seltenen Wahrnehmungsstörung, die ihr eingab, die anderen verhielten sich komisch.

Unschlüssig stand Rosina im Wohnzimmer und starrte auf die Blumen. Wann hatte er ihr zuletzt Blumen mitgebracht? Ein so gigantisch schöner Strauß, den anzusehen die reinste Freude sein musste, wenn man normal tickte.

Rosina fühlte nichts davon. Sie dachte an die Pralinenschachtel. An seinen Respekt vor ihr und ihren Launen, daran, wie selten er ihr widersprach, auch wenn er anderer Meinung war. Er nahm sie in jeder Tagesform, so wie sie ihn bisher. Auch wenn er manchmal den halben Abend schwieg und nicht damit herausrückte, warum. Rosina sollte dankbar sein, glücklich. Sie fühlte es nicht.

Veit kam aus der Küche.

„Rosina?"

Sie rannte davon.

*

Rosina rannte, bis ihr die Luft ausging. Die Lungen brannten, doch sie hastete weiter. Steuerte durch die Stadt. Der Tag verging, alles andere blieb ihr auf den Fersen. Sie rannte, bis es nicht mehr ging.

Müde und müder setzte sie die Füße voreinander, folgte Straßen, die sie nicht bemerkte, Häuser wischten vorbei, leere Fensteraugen, verschlossene Türen. Tauben flatterten auf, eine Brotzeittüte wehte vorbei. Die Nacht tauchte hinab zwischen die Häuser.

Die Stadt, in der sie geboren war, in der sie ihr ganzes Erdendasein lebte, fremd wie Stern jenseits der Milchstraße. Rosina darin nichts als ein verlorenes Molekül, allein hierher getrieben vom Strom der Zeit.

Sie suchte. Etwas. Jemanden.

Das Gehen fuhr den Puls herunter, verlangsamte den Atem immer weiter, bis sie nicht mehr sicher war, ob sie überhaupt Luft holte oder nur davon träumte.

Alles leer und bedeutungslos. In ihr und um sie herum. Nichts zog sie irgendwo hin.

Alles egal. Veit. Veit malt. Sie wusste nicht, dass er davon träumte. Sie wusste nichts von ihm, außer den Dingen, die er jeden Tag tat, was er aß, wie er aß, was er gern im Fernsehen anschaute und über welche Sendungen er meckerte, welche Bücher sich neben seiner Betthälfte stapelten, welche Leute er mochte und welche nicht. Dass er am liebsten auf dem Bauch schlief und in Rückenlage schnarchte.

Sie wusste nichts von ihm.

Und er von ihr?

Jedes mal, wenn er sie wegen der vielen Seife rügte, die sie in den Abguss spülte, sie bat, Rücksicht auf ihre Hände zu nehmen, wogte eine heiße Welle in Rosina auf. So oft stand sie kurz davor, es ihm zu erzählen. Jedes mal zuckte sie die

Schultern und wandte sich ab.

Sie wollte ja selbst nicht daran denken. Hätte sie es ihm erzählt, was sollte er dann von ihr halten? Was sollte sie von sich selbst halten, wenn sie zugab, wer sie war? Ein Bündel angstzerfressenes Fleisch.

Klar, sie war noch ein Kind gewesen. Sie wusste fast nichts von der Welt, nichts davon, wie Familie funktionierte. Sie wusste nur, dass ihr Vater sehr ernst war, wenn er spät abends nachhause kam, dass die Mutter ihr einbläute, ihn nicht zu stören. Der Vater, ein lang gewachsener Mann mit dunklem Schnauzer und früh beginnender Glatze, war ein Phantom in Rosinas Leben. An den Klang seiner Stimme erinnerte sie sich nicht.

Dafür redete die Mutter umso mehr auf sie ein, kommentierte jeden von Rosinas Schritten, wusste zu jedem Handgriff eine Rüge oder ein knappes Nicken zu verteilen.

Sie war schon ihr ganzes Leben so schwach gewesen, unfähig, sich aufzulehnen, auf den Tisch zu hauen oder sich wenigstens wutentbrannt auf den Boden zu werfen, zu kreischen, mit Händen und Füßen um sich zu hauen. Sie brachte es nie zustande, den eigenen Willen durchzusetzen. Sie hatte keinen. Wie sollte die das Veit erzählen? Oder Viola?

Niemand kannte diese furchtbare Ohnmacht an ihr.

Wenn sie im Bett lag, hörte die kleine Rosina die Mutter keifen. Dazu das tiefe Brummen, das vom Vater kommen musste. Dann polterte etwas, die Mutter kreischte, der Vater brüllte, wie sich Rosina das Brüllen eines angeschossenen Grizzlys vorstellte. Gleich drauf klatschte etwas wie Peitschenhiebe, dann heulte die Mutter. Rosina versteckte sich unter der Decke, presste die schweißnassen Hände an die

Ohren, wünschte, sie wäre tot oder unsichtbar, könnte Gott um Hilfe bitten - oder eine gute Fee.

Mit der Morgendämmerung kehrte Stille ein. Der Vater verschwand zur Arbeit, bevor Rosina aufstand, die Mutter schnitt jede Frage mit Anweisungen und Rügen ab.

Doch eines Morgens änderte sich das Muster. Zwar duldete die Mutter noch immer keine Fragen, doch statt der üblichen Ansagen kamen neue.

Rosina erfuhr Tag um Tag mehr scheußliche Dinge über den fremden Mann, der ihr als ihr Vater vorgestellt worden war. Dass er die Mutter betrog, dass er selbst Kindern nachstellte. Rosina begriff davon nichts. Sie war sieben. Sie hatte keine Ahnung, was Frauen von Männern wollen konnten - und umgekehrt.

Dann folgten Geschichten, die Rosina wirklich verwirrten. Sie handelten davon, dass der Vater mit irgendeinem Mädchen schlimme Dinge getan hatte. Ganz Schlimme. So schlimm, dass es keine Worte dafür gab. Oder täuschte sich Rosina, gab es diese Geschichten nur in ihrer Fantasie?

Doch etwas musste dran sein an der Sache, sie erinnerte sich viel zu genau, fühlte wieder das Kribbeln in Händen, den Ekel, der alles andere als normal war.

Sie erfuhr damals nur Bruchstücke, las zwischen den Zeilen, dass die Mutter sich schämte, über die Details zu sprechen - bis Rosina irgendwann aufging, dass sie selbst in diesen Geschichten das Opfer ihres Vaters war.

Das stimmte nicht. Kein Bisschen!

Trotzdem tauchte der Vater nicht wieder zuhause auf. Rosina wusste nicht mehr, was sie denken sollte. Sie bekam Angst. Angst, nicht mehr zu wissen, was wirklich war. Sie fühlte sich schmutzig wegen der abscheulichen Geschichte, fühlte sich kaputt, weil ihre Erinnerung durcheinander kam.

Fremde Leute fragten Rosina wirre Sachen, sie wusste nicht, welche Antworten die Richtigen waren und schwieg. Die Erwachsenen sprachen in Rosinas Anwesenheit, als wäre sie gar nicht hier.

„Sie redet nicht mehr", sagte die Mutter einmal.

„Trauma-Folgen, möglicherweise", hatte ein Mann im Kittel gesagt. „Passiert häufig."

Rosina wusste nicht, was ein Trauma sein sollte. Es klang, als träumte sie zu viel und das stimmte wohl. Mit ihr stimmte etwas nicht. Besser, sie überließ den richtigen Leuten das Reden.

Als sie ihren Vater zum letzten mal flüchtig sah, sagte er nichts. Aber in seinen Augen traf sie auf etwas, das ihr die Luft nahm. Es waren Rosinas Augen. Sie sahen ebenso traurig aus, wie ihre, wenn sie im Waschraum der Schule vor dem Spiegel stand.

„Der wagt sich nicht mehr in die Nähe", sagte die Mutter. „Den bin ich los."

Die Mutter packte Rosina, drückte ihr einen Kuss auf den Mund. Rosina würgte. Den ganzen Heimweg gab die Mutter ihre Hand nicht frei, hielt sie so fest, dass es weh tat. Immer wieder murmelte sie: „Ist das Kind doch zu was nütze, wer hätte das gedacht."

Rosina verbrachte die Nacht im Badezimmer. Sie wusch Hände. Aber sie bekam dieses eklige Gefühl nicht weg.

Wie sollte sie das erzählen, wenn sie nicht wusste, was passiert war? Sie wusste nicht einmal, ob ihr Vater deswegen ins Gefängnis kam. Vielleicht hatte sie sich das alles auch nur zusammenphantasiert, als Ausrede für ihre Unzulänglichkeit.

Rosina schleppte sich weiter. Sie fühlte sich matt, überrollt von der Erinnerung. Am Rand eines Grünstreifens fand sie eine Bank, schleppte sich zu ihr, setzte sich.

Kalt und hart, die Bank, im Licht einer Straßenlampe. Etwas Echtes, an dem es nichts zu interpretieren gab. Die Büsche im Rücken schirmten sie von der Straße ab.

Vor Rosinas Bank führte jemand seinen Hund aus. Hin und wieder rumpelte ein Auto in der Nähe übers Kopfsteinpflaster. Nach und nach erloschen die Lichter in den Häusern.

Rosina saß und lieb sitzen. Sie fror und fror weiter. Wenn sie hierblieb, würde sie erfrieren. Oder ausgeraubt werden, totgeschlagen, was auch immer.

Es machte keinen Unterschied.

Sie hatte keine Wünsche mehr.

*

Etwas brummte.

Eine Kehrmaschine wieselte den Weg entlang auf die Bank zu. Matt stand der Morgen am Himmel.

Rosinas Knochen schmerzten, sie war durchgefroren und die Gelenke steif, sie spürte die Füße nicht mehr. Die Zähne schlugen aufeinander.

Der Kehrmaschinenmann musterte sie im Vorüberfahren, als überlegte er, anzuhalten und sie mit der Kehrichtschaufel in den Sammelbehälter zu befördern. Er entschied sich im letzten Moment dagegen.

Schlotternd stand Rosina auf, in der Hoffnung, durch die Bewegung der Arme und Beine ein wenig Wärme zu erzeugen. Sie zog mit starren Fingern die Jacke so eng um den Bauch, dass sie fast zweimal um Rosinas Körper reichte. Doch ihr war so durch und durch kalt, dass nichts davon half.

Wenn sie nur wüsste, wo sie gestrandet war und in welcher Richtung eine U-Bahnstation lag, in der es ein paar Grad wärmer sein mochte.

Wärme - kein richtiger Wunsch. Eher blanker Instinkt, der sie vor sich hertrieb. Sie machte sich auf die Suche nach einem Anhaltspunkt. Mit jedem Schritt wurde ihr kälter. Das Blut kroch aus den Eisfüßen zurück in den Körper.

Ein paar Ecken weiter entdeckte Rosina in der grausamen Morgendämmerung die Rettung: Ein SB-Backshop, hinter dessen beschlagenen Scheiben Licht brannte.

Sie beschleunigte, stolperte die Stufen hinauf und drückte gegen die Tür. Geschlossen.

Die Nase an der Scheibe platt gedrückt, schaute sie hinein. Eine junge Verkäuferin räumte Backwaren in die Entnahmefächer. Die Hocker schliefen noch kopfüber auf den Tischchen an der Wand.

Rosina rüttelte an der Tür, klopfte mit klammen Fingern.

Die Verkäuferin fuhr herum, eine Semmel rutschte ihr vom Backblech auf den Boden. Sie starrte Rosina mit aufgerissenen, schwarz umrahmten Augen an, die Haut schneewittchenblass. Sie schüttelte den Kopf, wandte sich ab.

Rosina beobachtete, wie die Verkäuferin das Blech abstellte, die verirrte Semmel aufhob. Die Verkäuferin trug ein T-Shirt unter der Schürze, sie schien nicht zu frieren. Hinten war der Backofen zu sehen, in dessen gelbem Licht Croissants appetitlich bräunten.

Rosina klopfte nochmal, diesmal lauter, länger.

„Bitte", rief sie. „Es ist ein Notfall!"

Wieder schüttelte die Verkäuferin den Kopf, wies mit rollenden Augen zur Wanduhr. Viertel vor sechs.

Um sechs wurde offiziell geöffnet, wie Rosina dem handgeschriebenen Schild in der Tür entnahm. Fünfzehn Minuten in der Kälte. Wenn sie nur wüsste, wo sie war, dann könnte sie anderswo ein warmes Plätzchen finden.

Der Abend war ihr nicht so kalt vorgekommen, nicht so grauenhaft feucht und schneidend. Sie klopfte wieder.

Mit raschen Schritten kam die Verkäuferin heran, drehte den Schlüssel und öffnete einen Spalt breit, den Fuß sichernd vor die Tür gestellt.

Ein warmer Schwall Bäckerluft drang heraus, trieb Rosina Tränen in die Augen. Wärme, ein bisschen Wärme nur.

„Hören Sie -", rief die Verkäuferin.

„Ich hab mich verlaufen", krächzte Rosina. „Mir ist so kalt, bitte, wenn Sie mir ..."

Das Gesicht der Verkäuferin blieb hart, doch nach einem Blick auf den Gehsteig nickte sie und gab die Tür frei.

„Ich krieg Ärger, wenn ich den Laden früher aufmache. Ich kann Ihnen noch nichts verkaufen", brummte sie.

Rosina nickte, trat halb blind in die Wärme. Sie fror noch immer erbärmlich, rieb die eisigen Finger aneinander. Unter dem strengen Blick der Verkäuferin verzog sie sich in ein Eck, hob einen Hocker herunter und setzte sich darauf. Wenn nur das Zittern nachlassen würde. Und die Tränen.

Sie erschrak, als die Verkäuferin zu ihr trat und einen Pappbecher vor ihr abstellte.

„Wenn jemand fragt, bist du eine Freundin, klar?"

Bevor Rosina Danke sagen konnte, verschwand die Verkäuferin hinterm Tresen und holte die Croissants aus dem Ofen, ohne sich noch einmal zu ihr umzudrehen.

Rosina legte die Hände um den Becher, freute sich über den Schmerz, als die Finger langsam auftauten. Auch die Füße begannen zu kribbeln. In winzigen Schlucken trank sie den Milchschaum ab, nahm einen Zug Kaffee. Der Beste, den sie jemals auf der Zunge hatte.

Punkt sechs Uhr sperrte die Verkäuferin auf, erste Kunden kamen, orderten Kaffee und packten Frühstückssemmeln auf Plastiktabletts.

Als Rosinas Beine langsam zu zittern aufhörten, holte sie ebenfalls ein Tablett, lud Rosinensemmeln und noch warme Croissants auf und bezahlte. Als sie auf den Cappuccino zu sprechen kam, den sie auch bezahlen wollte, winkte die Verkäuferin ab.

Ihr Gesicht war noch immer viel zu blass und hart, doch um ihre Augen kräuselten sich ein paar dünne Falten.

„Danke", sagte Rosina.

„Schon gut", antwortete die Verkäuferin, während sie sich beeilte, Kaffeebohnen in die Maschine einzufüllen.

Rosina fühlte sich kaputter als jemals zuvor. Und zum ersten Mal spürte sie so etwas wie aufrichtiges Mitleid mit sich selbst. Kein Gejammer auf hohem Niveau, kein Ego-Gewinsel, sondern das tiefe Gefühl diesem verzweifelten Wesen helfen zu müssen, das sie selbst war.

Nur wie? Wie kam sie aus dieser Lage heraus, an der sie selbst nicht unschuldig war?

Hatte sie sich nicht halb sehend, halb träumend hineinmanövriert, geschah es ihr da nicht recht, dass die litt? Besser, sie fand sich damit ab, ein Montagsmodell zu sein, fristete ihr Dasein so, wie es ihr das Schicksal beschieden hatte.

Aber das stimmte nur zum Teil, dachte sie ganz leise.

Nivian hatte ihre Hilflosigkeit schonungslos ausgenutzt, sich ihrer bemächtigt. Nivian hatte Rosina alles genommen.

Aber wenn diese Fee dachte, sie käme damit durch, irrte sie sich gewaltig. Rosina war es sich schuldig, auf den Putz zu hauen. Zu verlieren hatte sie nichts mehr.

Plötzlich flutete Hitze Rosinas Körper, von irgendwo her zauberte die aufsteigende Wut neue Energiereserven.

Rosina lachte grimmig. Die Fee konnte was erleben.

*

Rosina fand eine Bushaltestelle und wartete einige Minuten auf den Bus Richtung Innenstadt. Trockene Heizungswärme empfing sie. Rosina ließ sich auf einen der vielen freien Sitze fallen. Das wohlige Schaukeln lullte sie ein, während sie scheinbar endlos durch die Stadt kurvten. Sie musste es der Fee zeigen, ihr den unsichtbaren Zauberstab aus der Hand nehmen und ihr damit den Hintern grün und blau hauen. Ja, genau. In Endlosschleife wiederholte sich das Bild in Rosinas Kopf, weiter reichten ihre mentalen Reserven nicht mehr. Und es war auch so gemütlich und warm im Bus.

So erreichte Rosina die Passage, bevor sie wusste, was sie der Fee an den Kopf werfen wollte. Aber sie hatte keine Zeit zu verlieren.

Entschlossen drückte sie gegen Nivians Ladentür - zu.

Schon wieder. Langsam hatte sie geschlossene Türen satt.

Rosina rüttelte am Griff, die Glastüre schepperte im

Rahmen. Lange konnte sie sich hier nicht aufhalten. Jederzeit konnte ein Kollege herbei spazieren und sie erkennen. Sie schlug den Jackenkragen höher, schaute sich um. Noch niemand zu sehen. Auch keine Fee. Es war töricht, herzukommen. Wenn der Chef kam und sah, wie Rosina zerknittert und dem Wahnsinn nahe vor dieser Tür auf und abging, konnte sie gleich ihre Smiley-Tasse und den Kaktus einpacken.

Da stand sie, hatte etwas Dringendes mit dieser Dame zu klären und die ließ Rosina mit ihrer Wut alleine. Öffnungszeiten waren nicht angeschlagen - die Madame öffnete den Laden, wie es ihr einfiel.

Wie sollte sie die Frau in die Finger kriegen?

„So eine Scheiße!", rief Rosina und schlug gegen das Glas.

„Sowas!", sagte jemand hinter ihr.

Ein alter Mann schlappte vorbei, das Käppi tief in die Stirn gezogen, der Dackel röchelte an der Leine vorneweg. Der Mann musterte sie abschätzig.

Rosina wandte sich ab, bevor er sich zu weiteren Kommentaren eingeladen fühlte. Hunderöcheln und Schlurfschritte gingen vorüber, gefolgt von der Alkoholfahne, die der Mann hinter sich her schleifte.

Dann erst bemerkte Rosina das Schild an der Innenseite von Nivians Ladentür.

„Betriebsurlaub", las sie.

Mehr stand nicht drauf. Kein Datum, nichts. Betriebsurlaub, wo sie gerade erst den Laden eröffnet hatte?

„Die hat sich aus dem Staub gemacht. Mit meinen Wünschen", rief Rosina. „Die kann was erleben!"

*

Bevor jemand vorbei kam, der sie erkannte, stahl Rosina sich davon, trabte auf wackeligen Beinen die Treppe zur U-Bahn hinab und fuhr nachhause, während alle anderen von dort kamen, um ihr Tagwerk pflichtschuldig in Angriff zu nehmen. Sie musste duschen, sich umziehen, ruhen, einen Plan machen. Eine gute Idee brauchte sie.

Außerdem würde sie sich für heute krank melden. Hatte die dämliche Fee nicht gesagt, dass man krank nicht arbeiten geht? Da gab Rosina ihr mal ausnahmsweise Recht. Rosina fühlte sich alles andere als gesund, auch wenn sie kein Fieber und keine lila Punkte hatte.

Die Wut trieb Rosina vor sich her. Sie war so wütend, wie sie noch nie zuvor gewesen war. Zuhause stieß sie den Schlüssel ins Schloss, knallte die Tür auf und stürmte in die Wohnung. Mit Jacke und Straßenschuhen marschierte sie direkt ins beleuchtete Wohnzimmer. Veit verschüttete vor Schreck den Kaffee.

„Ich muss dir was sagen", sagte Rosina, bevor sie Angst bekommen konnte. „Du wirst mich für verrückt halten, aber genauso ist es passiert."

Sie marschierte vor dem Sofa auf und ab, während sie von Nivian und den Wünschen erzählte. Davon, wie ihre Wünsche nicht in Erfüllung gingen, sondern verschwanden, als hätte die vermaledeite Fee sie einfach für sich behalten.

Veit nickte, schüttelte den Kopf, nickte wieder und sah immer ratloser aus.

„Okay", sagte er langsam, stellte den Kaffeebecher weg, räusperte sich.

„Ich hätte mich mit dir gefreut, als du mir erzählt hast, was du machst. Wirklich. Es ist doch schön, wenn jemand sich traut zu tun, wovon er träumt. Vor allem, wenn man den Menschen liebt. Aber ich konnte es nicht", sagte Rosina. „Ich habe alles verloren, was ich war. Ich bin nicht mehr ich. Ich kann dich nicht mal mehr lieben, es ist alles weg."

Veit sah zu Boden.

„Aber weißt du was? Ich hole mir meine Wünsche zurück. Ich will lieber wieder Sehnsucht haben, als gar nichts fühlen. Ich will wieder wissen, was mir wichtig ist", sagte Rosina.

Sie hörte Veit schlucken.

„Es wird klappen. Es muss einfach! Vorausgesetzt, du sperrst mich nicht wieder aus deinem Leben aus. Und ich dich nicht aus meinem. Nicht allzu sehr jedenfalls."

Veit nickte, räusperte sich, er sah sie wieder an.

„Und wie willst du das machen?", fragte er. „Ich hab keine Ahnung, wie du ..."

„Ich finde raus, wo sie wohnt, und knöpfe sie mir vor."

*

„Besser ich kläre das allein mit ihr", hatte Rosina zum Abschied gesagt. Veit war unruhig gewesen, wusste nicht wohin mit seinen langen Fingern und musterte Rosina so eindringlich, dass Rosina sich abwandte.

Im Telefonbuch hatte Nivian nicht gestanden, aber ein Anruf bei Barbara, deren Kevin beim Einwohnermeldeamt arbeitete, brachte sie weiter. Für die Rettung von Rosinas Liebesglück ließ sich Kevin zu einem Gefallen nötigen.

Nun ging Rosina alleine die Straße entlang, in der Nivian

Nie wohnte. Hausnummer 267 musste sie finden, eine lange Straße. Links und rechts wuchsen gesichtslose Blöcke in die Höhe, winzige Balkone stapelten sich neben den hervorstehenden Treppenhäusern übereinander, auf vielen davon türmte sich Gerümpel, das sogar zum Wegwerfen zu bedeutungslos war.

Die Häuser waren verschiedenfarben gestrichen, in kreativen Winkeln zueinander platziert und von verschiedenförmigen Grünstreifen getrennt. Doch das täusche nicht darüber hinweg, dass Rosina schon dutzende Male am gleichen Haus vorüber gekommen war. Eine Klonhaus-Siedlung, die trostlos in der Sonne lag.

Ein Stück voraus konnte Rosina das Ende der Straße erkennen, jenseits der letzten Häuser plane Felder. Der Anfang der Wildnis, auch wenn der Weizen dort in akkuraten Reihen wuchs.

267, endlich. Das Haus unterschied sich von den anderen: Die Balkone waren größer und über viele Brüstungen spitzten Blumen und Tomatenpflanzen.

Rosina hielt inne.

Keine Bewegungen hinter den Fenstern, niemand, der auf seinem Balkon hantierte, keine Schritte durch die gekippten Fenster aus dem Treppenhaus zu hören, keine Schritte auf dem gepflasterten Weg. Nicht einmal Fliegen summten in dem mit Latten verkleideten Müll-Verschlag gegenüber des Hauses. Als wären die Bewohner in einen hundertjährigen Schlaf gefallen.

Rosina wünschte sich, sie hätte Veit doch mitgenommen. Aber sie schämte sich, auf diese Hexe hereingefallen zu sein. Dieses Süppchen musste sie alleine auslöffeln, um alles ins

Lot zu bringen. Auch, wenn sie ihm später alles erzählen würde. Außer den peinlichen Stellen, natürlich.

Also los.

Rosina schritt über den gepflasterten Fußweg auf das Haus zu. Sie hatte das Klingel-Paneel noch nicht erreicht, als die Tür nach innen schwang, und eine Frau heraus trat. In Jeans und T-Shirt wechselte sie vom Schatten ins Tageslicht, die Bewegungen lebendig und in menschenüblicher Geschwindigkeit. Ohne Rosina eines Blickes zu würdigen, marschierte sie vorbei.

Kein bisschen magisch, kein bisschen nervtötend langsam, nicht weichgezeichnet und nicht elfengleich. Doch das Gesicht war das der Fee. Nur fleischiger. Wie die Oberarme und der Busen. Das Biest konnte also auch normal.

Diese unauffällige Version von Nivian trug einen geladenen Kaffeefilter in Richtung Mülltonnen-Verschlag.

Rosina folgte ihr, das Herz gegen die Rippen pochend. Sie leckte die Lippen, wischte den Schweiß von der Nase und trat durch die offen stehende Türe hinter Nivian in den dämmrigen Verschlag.

„Na, schon ausgelesen?", fragte Rosina.

Die zauberlose Fee fuhr herum, verbarg ihren Schreck aber sofort hinter einer glatten Miene.

„Was?", fragte sie.

„Den Kaffeesatz."

Nivian lachte. Das Gesicht entspannte sich. Nivian wähnte sich auf sicherem Terrain, das sah ihr Rosina trotz des spärlichen Lichts an.

„Das ist Quatsch", sagte Nivian.

„Mag sein. Beschäftigen wir uns mit etwas Ernstem: Ich

will meine Wünsche wieder."

„Was?", fragte Nivian.

„Meine Wünsche will ich zurück!"

„Das geht nicht, Dummerchen", sagte Nivian und lächelte.

„Ich will sie aber. Zuallererst den Letzten. Auf der Stelle."

„Vergiss es, Rosinchen." Die Fee lachte.

Rosinchen! Auch das noch. Das hatte Rosina sogar ihrer Mutter aus eigener Kraft auszutreiben geschafft.

Jetzt reichte es.

Rosina sprang vor, drängte Nivian zwischen Altpapier und Biomüll in die Enge. Es stank gewaltig, Fliegen surrten auf, Rosina trat auf etwas Matschiges.

Nivian wich rückwärts, Rosina rückte vor.

„Verschwinde! Du hast hier nichts zu suchen!", rief Nivian, holte aus, schleuderte ihr den Kaffeefilter entgegen. Rosina duckte sich. Der Filter patsche an die Lattenwand.

Wutblind packte Rosina den Arm der Fee, drehte ihn, drehte weiter. Rosina schmeckte Schaum. Blut rauschte, das Bild färbte sich rot. Sie drehte weiter, zwang die Fee mit dem Gesicht auf den Biomülldeckel. Notfalls steckte sie das Biest kopfüber in die Tonne. Bis sie im Dreck erstickte.

„Hör auf!", rief Nivian. „Hör auf! Du reißt mir den Arm aus, Himmel."

Rosina hielt inne, keuchte, aber sie gab den Arm nicht frei.

„Vielleicht vergeht dir dann die Lust, anderen ihre Wünsche zu klauen. Weißt du eigentlich, wie beschissen sich das anfühlt, wenn man plötzlich ohne dasteht? Als ob man gar nicht mehr existiert", rief Rosina.

Sie schraubte die Hand fester um den Arm.

„Au! Das ist nur ein Gefühl -", keuchte die Fee.

„Hör auf, mich zu verarschen."
„Du tust mir weh!"
„Ach, das fühlt sich nur so an, alles halb so wild."
„Meine Güte, mach dich nicht unglücklich, Mädchen. Dir wachsen doch neue Wünsche", presste Nivian auf der Mülltonne hervor.
„Ich will keine Neuen. Ich will die Alten wieder", sagte Rosina und drehte weiter. Sollte der verflixte Arm doch brechen. „Hör auf zu winseln. Mach den Spuk rückgängig."
„Au! - Das geht nicht, selbst wenn ich wollte."
„Du willst also nicht."
„Das spielt keine Rolle. Es geht nicht", wimmerte die Fee. „Und ich hatte auch keine Wahl, verstehst du? Ich habe keine eigenen Wünsche, deswegen."
„Faule Ausreden. Wo sind meine Wünsche?"
„Die kommen nicht zurück. Ich habe sie gegessen."

*

„Veit, ich brauche deine Hilfe", sagte Rosina, als sie in die Wohnung trat.
„Was ist? Wie ist es gelaufen?"
Rosina erzählte, wie sie der Hexe den Arm verdreht hatte, um ein Zugeständnis zu erzwingen. Na gut, ein wenig beschönigte Rosina die Geschichte, damit sie nicht gar so albern klang. Aber es tat ihr gut, diese Peinlichkeit mit ihm zu teilen.
„Ich habe zwar meine Wünsche nicht wieder bekommen", schloss Rosina, „dafür ist mir ein neuer gewachsen. Ich will Rache!"

„Ob das eine gute Idee ist?"
„Es ist die Beste überhaupt!"
„Was hast du vor?", fragte er.
Rosina erzählte es ihm.
„Du bist ein Biest, weißt du das?", sagte Veit.
„Kann gar nicht sein. Außerdem hat sie es verdient."
„Also gut, legen wir los."
Er lachte wieder. Rosina sah es und ein leiser Kitzel schwebte ihr durch den Bauch. Konnte das sein? Vielleicht.

Sie verbrachten den Nachmittag damit, verliebte Briefe auf feines Papier zu schreiben, kicherten dabei wie picklige Teens, wurden rot, als sie die Texte einander vorlasen. Anschließend schoben sie die Botschaften in Umschläge.

„Wie war die Hausnummer?", fragte Veit.

„267."

„Und die Blumen? Wie willst du das machen?"

Rosina betrachtete den großen, wunderbar duftenden Strauß auf dem Esstisch. Ihr Plan war, ihn der Hexe zu schicken. Aber eigentlich?

„Das besorgt der Lieferdienst. Hast du das schon mal gemacht?", fragte sie.

Veit lachte wieder. Wie jugendlich er war.

„Davon wüsstest du. Du bist die Einzige, die von mir Blumen bekommt", sagte er. „Aber das haben wir gleich."

Sie bestellten einen riesigen Strauß roter Rosen, garniert mit einem Pappherz am Stiel und in rosarotes Cellophan gehüllt.

Rosina sauste mit dem ersten Liebesbrief hinunter zum Briefkasten. Die Übrigen lagen auf dem Garderobenschränkchen neben der Tür bereit. Rosina würde jeden Tag einen mit hinunter nehmen und einwerfen.

Wenn Nivian nun keine Sehnsucht bekam, keinen unstillbaren Wunsch diesen imaginären, romantischen Typen kennen zu lernen, dann wusste Rosina auch nicht.

Nivian würde zergehen, sich grämen, hoffen und bangen, weil sie dem glühenden Verehrer nicht näher kam, ihn nicht fand - bis ihr Wunsch, ihm nah zu sein oder zumindest zu wissen, wer sich so nach ihr verzehrte, sie selbst fraß und nicht umgekehrt.

Rosina schob den Brief durch den Schlitz, wünschte ihm stumm eine gute Reise. Sie war versucht, ihm hinterherzuwinken. Das war albern. Egal. Sie winkte dem Brief, machte kehrt und sprang durchs Treppenhaus hinauf.

„Meinst du, das klappt?", fragte Veit.

Sie setzte sich zu ihm aufs Sofa.

„Ich glaube schon."

„Und deine Wünsche. Ich meine, sind die verloren?"

Er wirkte ernst, musterte Rosina.

Sie zuckte die Schultern.

Veits offener, fragender Blick. Die lang gewordenen Bartstoppeln, die feine Linie zwischen Nase und Mundwinkel.

Sein Duft, der weich und warm in ihre Nase fand. Veit war da, so schmal und fast so jung, wie damals, als er ihr das Pflaster auf die blutende Hand klebte.

„Willst du es sehen?", fragte Veit plötzlich. „Was ich ..."

Rosina nickte.

„Komm mit."

„Jetzt?", fragte sie.

Sie wollte nirgendwo hin, nicht den Hauch eines Wunsches zerstören, den sie vielleicht in sich keimen spürte. Selbst der kurze Weg ins Schlafzimmer kam ihr zu weit vor für das zerbrechliche Gefühl. Sie wollte diesem halb fremden Wesen einfach ein bisschen näher sein als jetzt, nur spüren, wie ihre Hände einander berührten. Das musste wirklich magisch sein.

„Können wir nicht später?", fragte sie. Ihre Finger gingen auf die Suche nach seinen, tasteten sich in seine Hand.

„Können wir", flüsterte Veit, beugte sich ein wenig vor, und noch ein bisschen. Bis seine Lippen Rosinas berührten und sie wieder wusste, wie das mit dem Küssen war.

*

„Im Dachboden?", fragte Rosina.

„Na ja."

„Du warst immer hier? Die ganze Zeit?"

„Genau ein Stockwerk über dir. Ich war ganz leise."

„Sei froh, dass ich wieder weiß, dass ich dich so wahnsinnig gern hab", sagte sie. „Sonst könntest du doch noch mit der Bratpfanne kuscheln. Und die ist stürmisch, mein Lieber."

Er führte sie den Mittelgang entlang nach hinten, wo am Giebel ihr Dachbodenabteil lag. Die übrigen Verschläge waren mit spinnverwebten Latten umgeben, dahinter sichtbar das Lebensgerümpel der Nachbarn. Nur das Abteil hinten links war neuerdings von innen ringsum mit Pappe verkleidet. Jetzt wusste Rosina jedenfalls, warum der Dachbodenschlüssel verschwunden war.

Veit spielte einen Moment mit dem Schlüssel in der Hand, dann nahm er das Vorhängeschloss und sperrte auf.

An der offenen Tür blieb er stehen, die Hände flatternd.

Rosina zögerte, doch dann betrat sie sein verstecktes Reich.

Blöcke und Skizzen lagen im Halbdunkel herum, Stifte

steckten in Bechern. Die Kisten, die hier oben lagerten, hatte er zur Seite geschoben und nutzte sie als Ablagefläche. Unter der Dachschräge musste er beim Malen ordentlich geschwitzt haben. Auch jetzt herrschte hier trockene Hitze. In den Geruch von wurmstichigem Holz mischte sich etwas, das Rosina bekannt vorkam. Sie hatte es an Veit gerochen.

„Warte", sagte er.

Veit betätigte einen Schalter und eine Lampe ging plinkernd an. Dann lag der kleine Raum im Licht und wirkte richtig gemütlich mit all der Pappe ringsum, dem Kartonmobiliar.

Die geraden Wände hatte Veit als Galerie zweckentfremdet. Farbenfrohe Bilder zierten sie. Rosina brauchte einen Moment, bis sie begriff, dass sie Variationen desselben Motivs zeigten, dass Veit sich Bild um Bild an etwas angenähert haben musste, das für ihn von Bedeutung war.

Sie ging an das Letzte der Reihe näher heran. Neben sich hörte sie ihn schlucken.

Es waren Gesichter zu sehen, fein gezogene Linien bildeten Augen, Nasen, Münder, zart proportioniert und fast lebendig. Begleitet von Körpern aus wässrigen Farbklecksen, wie zufällig aneinandergeschmiegt. Kein Detail dort, keine Arme, Füße, selbst die Haare nur vage hingewischt. Doch die ineinander verlaufenen Flächen in Orange, Rot und hellem Rosa erzeugten ein warmes Gefühl in Rosinas Brust.

Sie spürte, wie das Lächeln in ihre Mundwinkel kroch und sie nicht mehr freigeben wollte.

„Veit? Kann es sein -", sagte sie, dann musste sie sich räuspern. „Sind das wir?"

„Ja", sagte er. „Weißt du, was mein größter Wunsch ist? - Dass es für immer so bleibt."

Rosina lehnte sich an ihn und er sich an sie und es kam ihr vor, als blickte sie nicht auf ein Gemälde, sondern in einen verzauberten Spiegel. Ein Spiegel, der nicht das Sichtbare zurückwarf, sondern das, was unsichtbar darunter lag.

Eine Weile standen sie ineinander verschlugen auf dem Speicher und betrachteten das Bild.

Bis Rosina nicht mehr still stehen konnte. In ihrer Brust staute sich plötzlich etwas, als stiegen tausend Seifenblasen auf. Sie konnte doch nicht - nein, sie behielt das besser für sich. Was sollte Veit denken, wenn sie ihn damit überfiel.

Rosina trat von einem Bein auf das andere, bis Veit sie freigab und mit hochgezogenen Brauen musterte.

„Was ist los? Hast du wieder einen Aufräum-Anfall?", fragte er.

„So ähnlich."

Veit ließ sie nicht aus den Augen.

„Schau nicht so, ich erzähle es dir ja schon. Ich hab einen neuen Wunsch. Nein, ehrlich gesagt: Ganz viele! Wo kommen dir nur alle her?"

„Lass mal hören."

„Aber du darfst nicht lachen, okay?"

„Na gut", sagte Veit.

„Wusstest du, dass ich wahnsinnig gerne Klarinette spielen würde?"

Veit schüttelte ernst den Kopf.

„Vielleicht fange ich damit an. Aber zuerst stelle ich meine Mutter zur Rede, finde heraus, ob mein Vater tatsächlich in Travemünde wohnt und dann fahren wir hin. Ich will es jetzt nämlich genau wissen."

Veit blinzelte.

„Was? Wieso?"

Rosina holte Luft.

„Dazu muss ich dir noch was erzählen. Wie viel davon tatsächlich passiert ist, weiß ich nicht, aber pass auf. Du erinnerst dich doch daran, wie kaputt meine Hände damals waren? Das kam so ...", sprudelte es aus ihr heraus.

Veit lachte.

„Lach mich nicht aus!"

„Tu ich nicht. Ich bin nur so froh, dass du bei mir bist. Richtig bei mir, meine ich."

Rosina nickte.

Bis zum Abend saßen sie Arm in Arm, an die Kartonwand gelehnt im Speicher und Rosina erzählte. Alles. Mit allen Lücken und Zweifeln und fühlte sich endlich ganz.

Sie wusste jetzt, mit welchem Trick sie den Schatten auf Abstand hielt: mit Worten. Auch wenn sie sich beim Erzählen fürchtete, sich vielleicht immer fürchten würde.

Rosina war jedenfalls sicher: Echte Magie brauchte keine Rituale, brauchte keine Feen. Auch wenn Nivian ihr vielleicht doch, ganz aus Versehen, einen Gefallen erwiesen hatte.

Zaubern konnte Rosina selbst - wenn sie sich traute.

mehr von Karin Pelka:

geheimnis
-blind

Jutta und Holger kommen nach vielen Ehejahren noch miteinander aus - weil sie ihre Geheimnisse voreinander hüten. Doch als Jutta diesmal überstürzt davon fährt, wittert Holger Betrug. Er folgt ihr, will sie zur Rede stellen - ohne zu ahnen, mit wem seine Frau eine gefährliche Liaison unterhält.
Und was führt die rachsüchtige Thyra im Schilde?

Die Jagd nach der Wahrheit beginnt.

Ein spannender, phantastischer Kurzroman.

- 60 Seiten Lesespaß -

Überall, wo es Bücher gibt:
ISBN: 9783739244228
E-Book ISBN: 9783741267550

Leseprobe aus „geheimnisblind":

Thyra träumte und es war derselbe scheußliche Traum. Um das Gesicht des Tempelvorstehers zu sehen, legte sie den Kopf in den Nacken. Vor ihr ragte er auf wie eine der marmornen Säulen, die so weit oben endeten, dass sie in Thyras Blick verschwammen.

Räucherwerk erfüllte die Luft, auf dem Altar flackerten dicke Kerzen. Es war so still im Tempel, dass sie jede Bewegung hörte, jedes Rascheln von Kleidung, jeden Atemzug, selbst das Flackern der Flammen.

Neben ihr schluckte Thyras Vater.

„Sie ist zu jung, das weißt du", sagte der Vorsteher zu ihm.

Er antwortete mit einem Nicken.

„Bring sie in zwei oder drei Jahren wieder, dann sehen wir weiter."

Thyra fühlte den Griff des Vaters an der Schulter, der wortlos kehrtmachte, sie mit sich zog.

„Nein!", rief Thyra. Es hallte tausendfach zurück.

„Entschuldigung", sagte sie, als das Echo verklang. „Aber ich gehe nicht. Seit ich zum ersten Mal hier war, wusste ich, wohin ich gehöre. Nichts anderes will ich. Nur in den Dienst Gottes treten. Ihm dienen, um jeden Preis."

Sie ging in die Knie, verlor vor Aufregung das Gleichgewicht und stützte sich mit den Händen ab. Thyra senkte den Blick auf die spiegelnden Fliesen.

„Ein entschlossenes Kind hast du", sagte der Tempelvorsteher. Wenn er nur mit ihr reden würde, nicht über sie.

„Steh auf, Mädchen."